远藤周作作品
我·抛弃了的·女人

わたしが・棄てた・女

えんどうしゅうさく

（日）远藤周作 著

林水福 译

我·抛弃了·的·女人

目 录

我的手记（一） ……………………… *001*

我的手记（二） ……………………… *022*

我的手记（三） ……………………… *043*

手腕上的痣（一） …………………… *067*

我的手记（四） ……………………… *090*

我的手记（五） ……………………… *111*

我的手记（六） ……………………… *133*

手腕上的痣（二） …………………… *156*

手腕上的痣（三） …………………… *178*

手腕上的痣（四） …………………… *198*

手腕上的痣（五） …………………… *218*

我的手记（七） ……………………… *238*

附录：寂寞的圣女 / 林水福 ……………… *259*

我的手记(一)

鳏夫房间会长蛆……

这是从前就留传下来的话。谦虚有礼的读者,当然不至于真的去参观这两个年轻人的宿舍,更不会去翻看到底脏到什么程度、臭味又多熏人。

不过,您要是有游学在外的兄弟或情人,我建议您不妨找个日子"突击检查"一下他的宿舍,保证门拉到一半就会脸红、大叫:

"哎哟!我的妈呀!"

之后,久久说不出话来。

这故事是第二次世界大战结束后的第三年,在两个年轻人的宿舍里开始的。或许有些地方会让女读者退避三舍,但是,这可不一定是我的罪过哟!当时长岛繁男和我——吉冈努是单身的学生。在两人一起生活的神田宿舍里,虽然没有真的长蛆，可是夏天里跳蚤到处"飞舞"，可真叫人"自满"！那时租房子很难。我们能够找到既不要保证金又不需要押金，在神田战火洗礼后刚搭起的临时木板房屋中六帖大小的栖身空间，可也真费了好大的苦心呢！

我的朋友——长岛繁男，这名字可能会让人联想到当今大名鼎鼎的棒球选手长岛先生。要是让您把他想成那么强壮、英挺的青年，可真便宜了他。当他光着身子时，那薄薄的胸部肋骨根根突起，这全是因为长期胡乱吃东西，或只吃明太鱼——拜食粮困难的学生生活之赐呀！而我的情形更糟，孩提时候曾患过小儿麻痹症，因此不但身子瘦弱，右脚也有点跛。

两人平常很少到学校露脸。战后乡村萧条，父母提供的生活费时续时断，没办法只得忙着打工——这是当时大学生的生活写照，我们也不例外。谈到打工可不像现今的学生，靠着在乐队演奏或在公司当学生重役①，就月入两三万；我们得从中盘商那儿把刚上市的电气用品或铝制锅送到小卖店；或者是在赛车场或海边卖彩票、冰棒，净是做些和头上角帽②不

---

① 学生重役：相当于现在的企业实习生制度，最早由日本藤田公司于1960年创立。
② 角帽：日本学生制服的一部分。最初由东京大学设计并被其他学校沿用，因四角形的帽子设计被称为角帽，后也被用于代指学生身份。

相称的工作,这才是我们打工的内容。

(要钱也要女人!)

说了句下流的话,惶恐得很。不过这可是我和长岛当时的心情。没错,那是不用说了。至于态度和袜子一样很快变硬、变臭的女人,对清寒的打工学生是根本连正眼也不瞧一眼的。

"想钱呀! 也想和女人玩呀!"

没工打的日子,我和长岛戴着口罩躺在棉絮都跑出来见人的"万年床①"上,这么叹着气。我们并非因感冒而戴上口罩,而是因为在个把月都没打扫过的房间,稍微一掀动,灰尘立刻就从棉被里像烟雾般地往上冲。因此,即使是脏懒成性的我们,也不得不戴上口罩。

那是一个秋晴的午后,美丽的阳光从窗隙中直泻入屋内,空气清澄得连远处人家家中收音机传出的笠置静子唱的布吉伍舞曲也清晰可闻。盘腿坐在万年床上,两人喝着用电热器煮的芋头杂烩;杂烩的香味混合着万年床所散发出的臭味,竟让人联想到母亲。秋天万里无云的蓝天和这味道,同样令人感伤。

---

① 万年床:指被褥一直铺着不整理的床铺。常见于学生生活的宿舍中,给人一种不卫生的印象。

"喂！喂！那个要是不吃就递过来吧！"

把从面店偷来的碗放在嘴边的长岛，露出贪婪的眼光说。

"混蛋！刚刚不是已经多给你两汤匙了？"

"唉！真不能老是过着这种生活，总觉得身体和精神……都变脏了。"

长岛意外地也有感伤的时刻，像这时他就突然说出这样的话。

听说他小时候住在山梨县，那儿一到秋天就开始摘葡萄。棚架上的串串葡萄，在阳光照射下发出如褐色宝石般的晶莹亮光；戴着菅草笠、打着绑腿的女孩们，忙着把葡萄摘进手篮里。

"女孩们踮着脚尖，摘着葡萄。那时我还是个小孩子，每当年轻女孩伸长身子时，会露出和服下摆和绑腿之间的白色膝盖。那时，我觉得好美呀！每到秋天……不知为什么老是会想起那白色的膝盖来。"

长岛动着筷子，心里似乎又在回味着那时的情景。而我的眼前也好像看到露在和服和黑色绑腿之间的白色膝盖，在秋阳下伸长身子摘葡萄的年轻女孩。要是能和那样年轻的女孩们摘葡萄，即使只是一次，也该是多么幸福呀！

"哎呀！糟了，打工的时间到了！"长岛从梦中回到残酷的现实。

"我忘了现在的日子是钱比女孩还要紧。"

他急忙站起来,解下沾满油污的围巾,手伸入放在衣柜内的唯一旧行李箱。

"好脏呀!"

他好像狗扒土似的一件又一件地拿出已经脏了的衬衫和裤子。

"咦,怎么连一件比较干净的都没有？你到澡堂去也不洗身子,不行的啦！"

事实上,我和长岛都把脏衣物塞到这件旧行李箱中。刚开始住在一起时,也是各穿各的内衣裤；但不知从什么时候开始,我的衬衫变成他的衬衫,他的裤子变成我的裤子。更糟的是,懒惰成性的我们,为了省掉洗衣的麻烦,养成从个把月都没洗、堆得像小山似的内衣裤中,重新挑出看来脏得不那么可怕的再穿的坏习惯。（读者呀！请您不要皱眉头,我刚刚不是说了吗？这不只是我们,您的兄弟、情人……反正男人单独生活时,都差不多的……）

我和长岛在微弱阳光照射的御茶水车站汹涌的人潮中分了手。他到离车站不远的住宅区,帮某大户人家遛狗去了。狗——这东西可别小看了它,听长岛说,那户人家中养的猎犬,吃的都是乳酪、牛奶等"大餐"。在战后的日本人当中,有钱人还是很有钱的。

我在骏河台下车,走向全国学生援护协会的事务所。讲事务所听起来挺好听的,其实不过是临时搭建的矮小建筑,一个学生们不断进出的场所罢了。然而,这小事务所却提供了我们房租便宜的公寓和新的打工机会。

在事务所前,微弱的秋阳下,和我一样面庞消瘦的学生们排列着。不管是穿着复员服、戴着角帽的男子也好,或是穿着破烂西装的男子也好,全都是学生。

我加入他们的行列,看着贴在事务所墙壁上的打工布告。捡皇宫前和芝蒲草地的垃圾,工资虽然不错,可是对患过小儿麻痹症的我来说,是件很吃重的工作;卖彩票虽然不需花什么力气,可是钱太少;而家教的机会又都被东大、一桥那些一流大学的家伙给包办了。

我不由得叹了口气时,公布栏右边贴着一张不起眼的小纸条映入眼底。已经有学生申请的工读,事务员会用红笔在纸上画上斜线,而这张尚未沾到红墨水。

千叶县　在樱花镇发海报、传单和轻劳动,日薪两百日元　交通费另计。

这张纸我想别的学生也应该看到了,一定是嫌跑到千叶县太远了。对啃面包屑和吃芋头杂烩的空扁肚子来说,想起为了打工而跑到老远的千叶县乡下去,也真叫人提不起劲。

(去呢,还是不去呢?)

我从口袋掏出小骰子放在手上转。身为战后学生的我,每当碰到有什么不易决定的事时,就利用这个小骰子,并非以自己的意志,而是靠着外界的偶然来决定命运。由于骰子上出现的是偶数点,因此我把头伸向事务所的窗口。

"啊!这个啊!这个嘛……"

中年的事务员耳朵上挟着支旧笔,翻看卡片。

"斯旺兴业社,神田神保町三丁目……这个呀!或许不是什么正派的公司哟!"

"哈哈!管它是不是正派的公司,或是开玩笑的公司,都无所谓啦!"

中年事务员苦笑了一下,默默地拿给我要转交给雇主的工作表。

到神保町三丁目,走路用不了十五分钟,这一地区似乎稍微逃过战火的洗礼,还留有一小撮旧房舍。从破裂的板墙,传出折断薪柴在炭炉点着火的声音。里面的人是否正准备做晚餐呢?拉洋片的老伯,踩着自行车慢慢地从我身旁经过。

"请问斯旺兴业社在哪儿?"

我向背着小孩站在自家门前的中年妇人打听着。

"旺兴业?"

"不是旺,是斯旺,英文'天鹅'的意思。"

"这附近有这样的公司吗?十七号的话,没错,应该是在这后面……"

在炭炉炊烟袅袅,光线逐渐暗下来的路上,我跟在拉洋片老伯的自行车后面;老伯伯在胡同里一家看来像是不动产商的脏乱平房前刹住自行车,停了下来。

那一家就是斯旺兴业社。从斯旺这名字猜测,我脑海中所描绘的是座白色的西洋建筑物;可是呈现在我眼前的倒像是垃圾堆中爬出来的、被尘埃弄脏了的小乌鸦一般的房子。我打开没装妥的玻璃门,在土间①有张摆着电话的桌子,桌旁坐着留短发、戴眼镜的男人,把穿着像是驻日美军所穿的原色裤子的腿伸得长长的……他看到我了。

"金先生、金先生,东西就放在这儿了。"

拉洋片的老伯把用自行车载来的商品画放在土间,叫着对方金先生。不知怎的,这个留着短发的家伙,像战后才到东

---

① 土间:日本传统民家或仓库的室内,空间一般分为高于地面铺设地板的区域以及和地面同高的泥土地两部分。后者被称为"土间"。

京来的外国人。

"好！好！明天还来吗？"

老伯点点头，关上玻璃门，发出"咔嗒"的声音后走了。短发的男子用手指边挖鼻孔边说着：

"啊，对了！你有什么事？"

"我是看了打工的布告来的，是学生。给！这是我的学生证。"

"好，我知道了！你是从学生会来的？"

"是从学生援护协会来的。"

"好！好！工作是散发海报、传单，干不干？"

"干！是发海报、传单吧！"

受到对方发音的影响，我的日语也变得怪怪的。

"嗯，就是那些。"

顺着金先生戴着金色大戒指的手指着的方向望过去，土间的角落上散置着海报和传单。把这些海报和传单张贴、散发到千叶县的樱花镇及近郊的村子，似乎就是我明天的工作。拿了一张一百日元钞票——这是我今明两天的交通费——放入口袋，走出斯旺兴业社。耳中传来卖豆腐的喇叭声，想到长岛今早说的话：吃杂烩，似乎把身心都污染了。我的心突然感到凄惨和寂寞。边走边看传单，在被钢板印刷的墨水弄脏的纸上，用丑得要命的字迹写着：

浅草最受欢迎的榎木健一演唱令人怀念的名曲，东京的榎本健一终于来到樱花镇公演

谈到榎本健一，连三岁的小孩都知道。在电影界和话剧界顶红的这位喜剧界的第一人，与六大都市的一流剧场一定早就安排好档期的，再怎么说都不可能跑到千叶县这么乡下的地方来。

再说……就算是答应什么慈善义演，而因安排有误跑到这么偏僻的乡村来，也不应该会交给像斯旺兴业社这种形迹可疑的事务所出面，负责公演事宜啊！

（这其中必定有古怪！）

我想起学生援护协会那位已有白发的中年事务员的自语：

"或许不是什么正派的公司……"

不过，不管是正派的公司，或是骗人的公司，对现在的我来说是一样的。在樱花镇散发那些海报、传单，除了两百日元外还有交通费可拿，这对我来说已经够了。在神田的铃兰街上，用留着短发的外国人金先生给我的钱，享受了一餐久未尝

过的关东煮和茶饭①后才回到公寓。长岛不知还在哪儿溜达，尚未回来。钻入满是体臭的被窝——却睡不着，长岛所说摘葡萄的姑娘又在脑中浮现；秋阳下她们的白色膝盖，像泉水般滋润了我的心田。

翌晨十点左右，我没理会睡得像烤鸡似的长岛，穿上旧雨衣走出宿舍。

"怎么了？无精打采的，没事吧？"

短发的金先生，用跟昨天一样戴着大戒指的手指着宣传单说：

"把那些用背囊背着，到这纸上写的地方去发。"

从市川到樱花镇，搭汽车大约要一个小时，我的工作是把传单散发到樱花镇附近的三四个村子，这是件很吃重的工作。当我发现这样的工作一天才两百日元工钱，根本不划算时，为时已经太晚了。

"好！好！"我犹豫了一下，最后仍然说出口，"这传单上写的是真的吗？"

"哈哈哈……你以为是假的吗？"

金先生用细长的眼睛瞥了我一眼，颧骨突出的脸颊上，浮

---

① 茶饭：指在东京地区的关东煮店里供应的一种米饭。由在白米中加入酱油和日式高汤制作而成。

现出轻蔑的笑容。既然这么说,就不必再问下去了。

"那么……"

"等等……"

金先生是想笼络我?或者是真的对我这可怜的打工学生起了菩萨心肠?他从原色的裤袋掏出好彩香烟给我,这准是跟他身上穿的西服一样,是驻日美军那儿流出的黑市货。

还以为海报和传单没什么,等到用借来的背包一背到身上,意外地发现可重得很。对患过小儿麻痹症的我来说,背这样的东西是很吃力的。在那时间从御茶水往千叶去的国营电车上很空,人家看我扛着背包,说不定还以为我是卖芋头的呢!心才这么忖度着,马上看到五六个和我一样背着包袱和旧背包的小贩上了前面的车厢。

在市川车站搭上巴士后,马上就是绵延不绝的公路了。公路上有棵大松树耸立着,这是天然纪念物——市川之松。旁边有电影院的招牌,用油漆画的池部良的脸好大好大。没多久巴士就转向左边,巴士逐渐离开市街,摇晃得也越来越厉害了。榉树和青刚栎的树林充满着秋天的气息,栗树已枯成褐色,全无生气;大树的叶子在阳光下闪烁,飘落在路上和农家屋顶上的落叶,宛如一枚枚金币。

田里的泥土是黑色的。落叶为农家的稻草屋顶上增添了红色的色彩,农家庭院中的柿子美得耀眼。当我从女乘务员口红涂得厚厚的口中听到距离樱花镇只有两站时,赶紧跳下车来。

去年选举时,我也干过张贴海报、散发传单的工作。跟多数学生一样,我也赞同革新派的政见;不过思想和打工是两码事。某个以做建筑起家的保守党候选人,曾是我打工的对象。那时我把印有他照片的传单贴在涩谷或三轩茶屋的电线杆上,并不觉得难为情。可是,现在戴着角帽,打开背包口,把这骗人的传单投入悠闲的农家的信箱或丢在走廊上,我却感到内疚得很。

每户农家都看不到人影。是否人都到田里去了?只有被我脚步声惊吓的鸡"咯!咯!咯!"地叫着,跳上套廊。庭院掉落着一本封面已破损的旧《明星》杂志,我顺手捡起随意翻看着,里面有电影明星和流行歌手的照片。我心想既然是丢在这样的庭院中任风吹雨打,可能是准备卖给收旧货的吧!于是若无其事地把它放进雨衣的口袋里,准备在回程的巴士中用来打发时间。

白色的乡村路上,有两个似乎是从学校回家的男孩,拿在手上的树枝有虫附着。我问:

"这是什么虫呢?"

"你不知道吗？是尺蠖啊！"

"看得懂这海报吗？"

我半捉弄他们地拿了大约十张左右的传单给小孩看。

"榎、本、健、一……哦，是榎本健一。"

"是的，你知道吗？"

"好久以前爸爸曾带我去看过他的电影。好有趣呢！啊，是榎本健一。咦？电影叫什么名字来着？"

"那个榎本健一要到樱花镇来。"我笑着，"喂！把鼻涕擤擤！要不要帮哥哥的忙？"

"什么事？"其中一个看着另一个的脸，"那可要看看是什么事哟！"

"其实是想请你们帮忙把这些海报贴到学校、村政府的墙壁上。"

我的如意算盘打得真好，就这样子把三张海报和为数不少的传单散发到这村子里了。

到下一个村子，我又用同样的手法。小孩子们都高高兴兴地帮忙，替我省了不少力气。最麻烦的还是樱花镇，还好到那时海报和传单已剩下不多了，胀得鼓鼓的背包和我的肚子一样凹下去了。

回到东京,天色已暗。我把背包送回斯旺兴业社时,短发的金先生仍然坐在冷冷的桌前,把腿伸得长长的,用手指挖着鼻屎。

"哈哈!工作做完回来了?"

"是的。"

一和金先生交谈,我的舌头又变得不灵光了。

"筋苦……筋苦。"

筋苦?可能是辛苦的意思吧!他从抽屉拿出大皮包,一、二、三、四……数出十日元钞票二十张。

"不要乱花呀!你的精神看来不好啊!"

"是吗?"

"嗯,总觉得没精神,是不是被女孩子甩了?"

"不是被甩,根本就没有女孩子喜欢我。"

尽管跟这短发,看来像是外国人的金先生坦白说也于事无补,但不知怎的,我对他却有好感。或许是心里打算着:要是跟他拉好关系,往后打工机会不但不用愁,也许有时还可以像今天早上那样有好彩香烟可拿;说不定还可以要到驻日美军的一两个罐头也未可知。

金先生似乎没看出眼前这打工学生的卑鄙念头,外国人特有的颧骨突出的脸颊上浮现出微笑。

"你真是阿呆、阿呆呀！年轻的女孩啊，很快就可以到手的。你想谈恋爱吧？"

"嗯……可以说是的。"

在电灯泡昏暗的光线下，这个外国人滔滔不绝地对我这个日本学生说着。虽然有时候唾液会喷到我的脸上来，不过并非全无倾听的价值。

金先生用他那词汇量有限的日本话说：给女孩子强烈的第一印象是很重要的，懦弱、畏首畏尾是不行的。总之，为了让年轻女孩喜欢，要装得高尚、摆摆架子。可是光是这样还是无法在年轻女孩中留下印象的，战后的年轻女孩，喜欢有个性的男人。

"要一击成功，刚开始就要一箭射中。"

"您从刚才就一直强调说一击成功，到底要怎么做才行呢？"

给初见面的女孩留下强烈印象，这个我能理解，至于怎么做呢，我就不懂了。

"阿呆！阿呆！"

金先生一直说我是阿呆。

"说话呀！说让女孩子忘不了的话。什么话都行，即使是下流的话，总之就是让女孩忘不了的话。"

"下流话？"

"下流呀!"金先生慢条斯理地,用戴着戒指的手指,指着自己穿着原色牛仔裤的屁股。"从这里出来的东西——大便。"

"啊、啊……原来是指粪便呀!对年轻的女孩说那种话……这我办不到!"

"怎么?阿呆!阿呆呀!"

为了想让女孩第一次见面就留下强烈的印象,是不用选择手段的;什么难为情、不好意思等都是多余的。金先生的话是否也意味着:战后进出黑市和市场的他那旺盛的生命力和动力,也可以用在追女孩子方面呢?

要是留下了强烈的印象,对方的女孩一定会记得自己的;管它是好是坏——至少有了桥头堡,然后再进攻,把她一击攻下。打电话,要求约会,约会的当天就要吻她,纵使被拒绝或碰钉子也不要紧,然后下一步,就是故意安排让她看到和别的女孩在一起的场面,这一招保证有效。

"不管是哪一种女孩,没有不吃醋的。女孩要是吃了醋,就输定了。"

可是听着听着,我反而郁闷起来。金先生的祖国食物味道都是很强烈的,在肉上要抹一层厚厚的辣椒,腌渍的东西也要加上大量的辣椒。但是对喜欢味道清淡的日本国民,这种做法就不适合了。

"改天再来请教您,今天我有点累了。"

"好,好,不用工作时,欢迎随时再来。"

事务所的外面,天已全黑了。刚想打开没装妥的玻璃门的时候,我又问了一次。

"金先生!榎本健一真的要到那樱花镇上表演吗?"

金先生颧骨高耸的脸颊上露出笑容,他第一次告诉我事实的真相。

"真是睁眼瞎!哪里写着榎本健一?不是明明写着榎木建一吗?是榎木建一呀!"

被他这么一说,我把钢版印的纸张拿到昏暗的灯光下仔细看,果然不错,榎本健一的"健"被写成了"建"。

"真的是榎木建一。金先生,不怕被抓进去吗?这种欺骗法。"

大眼镜后的金先生笑着摇摇头,他说:就算是当地人也没人会认为在大都市之外还能看到榎本健一。到现在为止,笠置静枝啦,柳家银吾楼等的演出,连一次纠纷都没有发生过。

总之,这样的事是在饭上、腌渍物上加了许多辣椒的人干的事,我们是做不来的。

然而……第二天下雨。雨,一直下个不停,把宿舍的薄铁板屋顶打湿了，雨滴从弯曲、已有裂隙的玻璃窗渗进来。午后的街上，有人吹奏着旧喇叭，不知是否因中气不足，那喇叭声很快就中断了，但没多久又继续吹了好一阵子。

长岛今天又打工去了，我拜两百日元传单之赐，整整躺了一天。像这么空闲的日子，到学校逛逛也不错。但不知是否因倦意犹存，或者是不想被雨淋湿，根本就不想出门。

我注视着天花板上的雨痕。我喜欢看那雨痕。孩提时代，有一天我因肚子痛没上学，在跟学校不同的寂静家中，注视着天花板上的雨痕度过了一天。雨痕在小孩眼中变成云、变成动物、变成梦中的城堡啊！

孩提的往事清晰地在心中苏醒过来，我睡了一会后醒过来，醒过来后又再睡着了。哀怨的喇叭声夹杂在淅沥的雨声中久久不绝。

挂在墙壁上的雨衣，口袋胀得满满的。对了！那里面放着昨天在家中无人的农户庭院里捡到的旧杂志——是那种一大堆放在理发店等候室，掉了页也没人管，刊登电影和流行歌曲的杂志。

每一页上都有演员或歌手的正面照片：装模作样的表情，露着白色的牙齿和酒窝。然而这些人的现实生活又是怎么样呢？人，是没有太大区别的。就像我散发海报、传单，赚取两百日元那样,他们在用白色的牙齿和酒窝"做"出的表情上,也同样堆积着寂寞的人生。寂寞的人是需要偶像的。

无论到哪儿都恩恩爱爱、意气相投的池部良先生和山口淑子小姐的联合演出。

这样的一排铅字映入我眼中,在铅字下神经质的青年和大眼睛的女演员并肩笑着。最后的黄色页是读者联谊室,佐贺县、长野县崇拜大明星的家伙们准备组团。友情就像雨天的水泡,产生得容易也消失得快。爱,说不定也是一样的?

为了排遣无聊,我强忍着一个连一个的哈欠,继续翻下去。

"我是津岛惠子的影迷,我每天都看惠子芭蕾舞姿的照片。如果有像惠子那样的姐姐,该有多幸福啊!

兵库县　武库郡良元村字鹿盐　小林章太郎"

"我是喜欢电影的十九岁的平凡女孩,我期待着若山节子的影迷写信给我。

东京都　世田谷区经堂町八〇八　近藤先生转　森田蜜"

我把两手交叉枕在头下,又一次呆呆地注视着天花板上的雨痕,心里催促着自己:既然那么需要女孩子,管她是怎样的女孩不都行吗?例如寄明信片给这本旧杂志黄色页上的傻女孩们。或许写着期待着来信的那个女孩挺合适的。

我有如在打工时,为了忍受肚子饿得叽里咕噜叫猛咬烟屁股似的,把从大学笔记簿上撕下的纸放在桌上。我不知叫森田蜜的这个女孩长得怎么样。反正,明后天她就会收到这封信了,搞得好的话,说不定能把她弄到手。

这就是我认识她的开始,也是不久之后就把她像小狗般抛弃的开始。说是偶然也的确是偶然,但是,在人生的道路上,我们要是没有"偶然",又哪里会有"关系"呢?人生本来就有着太多的偶然,就拿一辈子生活在一起的夫妇而言,他们或许是在百货公司的餐厅吃大阪烧时,偶然坐在一起,是从这么平凡的事开始,彼此才认识的也说不定。但那绝不是无聊的事,那是人生意义之线索——这也是经过长时间之后的今天,我才了解的。那时我根本不相信神,可是要是真的有神存在,或许这是神利用极平凡的、日常生活中经常发生的偶然,让世人了解到神的存在。谁也不相信现代还有所谓的理想的女性,可是,现在我却认为她是个圣女……

我的手记(二)

那天,我们第一次见面时,她是什么样子?经过长久岁月后的今天,我已经记不清楚了。如果是真正的情侣,那么第一次约会时的情形,即使是彼此手指轻微地碰一下,或是女孩羞怯的笑容,都会一辈子记得清楚、深深刻画在心中。可是,那个女孩对我来说,只不过是另有企图的对象罢了。套用一句流氓的话——就是"勾引""弄到手"……是的,事后那个女孩就像晚上最后一班电车经过月台时,被吹落得越滚越远的空香烟盒一样地被我抛弃了。

不过,在模糊的记忆中,也并非对她全无印象;她指定的约会地点,是距离她住的宿舍很近的下北泽车站前面。(蜜在信上写着,要是像新宿或涩谷那样不熟悉的闹区,她会迷路的。)我还记得:车站肮脏的厕所就在旁边,氨气的味道很刺鼻;每当电车发出巨大声响通过头上的高架铁路时,黑色的油滴就滴在我破烂的鞋前方。在还没有从战祸中恢复过来的东京的偏僻地区，这种情形是很平常的。或许对精神枯竭的我来说，反倒是个约会的好地方也说不定。

我把手伸入脏了的雨衣口袋里，数数带来的钱，心想没约在咖啡厅见面是聪明的。实在没有必要在那种地方叫两杯淡而无味的咖啡，一杯就得三十日元，徒然浪费金钱。我们当学生的都知道哪些地方用不着花钱，我还记得那时，售票处的时钟显示已超过约定的五点半。

蜜在信上说她是在经堂站的工厂工作的事务员。工作没做完是不能外出的，她用的是十张五日元的廉价茶色信封，连信纸也是便宜货，字差劲得像小学二年级的学生写的。

"大学校也有若山节子的影迷啊！我在体假日看了若山节子主演的《青色山脉》，很受感动。我还把那首歌背下来，在工作的时候哼唱。除了节子之外，在新人当中我喜欢Hè田Hàoèr。"

把"大学"写成"大学校"，"休假日"的"休"写成"体"，尤其是不会写鹤田浩二的名字更让我和长岛捧腹大笑。

"想吃也得看货色呀！像这种……"连长岛都嘲笑起我来

了。"你想当乌龟吗？"

"当乌龟"是那时候的学生用语，意思是：把女的比喻为兔子，男的就是追求兔子的乌龟。

"当乌龟又怎样，你自己呢？"我对他顶嘴说，"不是连这种货色都追不到吗？"

然而，在等待她到来之前，忍受着从车站的厕所飘出的刺鼻臭味时，我又想起长岛的话。对这么急于勾搭女孩子的自己，突然感到厌恶起来。

五点早就过了，从车站检票口走出的人潮，耸着肩向左或向右分散开去，人群中看不到像是森田蜜的女孩。在平交道的对面停放着一辆宣传车，有个男人把喇叭转向这边，开始播放起流行歌曲的唱片。我打算再等一班电车，要是叫做蜜的女孩没搭上这班车，我就准备打道回府了。

（我就是对女孩子太迁就了。）我自嘲着。（报应啊。我不过是个学生……）

就在这时候，我看到两个女孩通过铁路的栅栏，眼睛睁得大大的，边向四周张望边向宣传车上的男人不知打听些什么。男人指向我的时候，我马上明白是森田蜜来了。我不知道两人当中到底谁是森田蜜，其中的一人躲在同伴的背后朝我这儿走来。当她们快接近我的时候，两人都露出了为难的表情，拉着彼此的手。

"你去问吧!"头发梳成麻花辫垂在肩上,个子矮而微胖的女孩对同伴轻声说。

"不要啊……你去问好了!"

在她们对话之际,我趁机打量两人的服装和鞋子。两人身上都是穿着柿子色的毛线衣和黑色的裙子——这些东西是在东京偏僻地区车站前的市场都卖着的,裙子底下的袜子有一条条的褶皱,那一定是在膝盖上用橡皮圈把袜子固定起来才会这样子。两人的脸是东京偏僻地区,随处可见的模样。那是在台球馆或弹子机店上班的女孩的脸;或是星期天观赏打折电影,把满是油墨味的宣传册小心翼翼地带回家的女孩的脸。(失算了!)我在心里嘀咕着。(失算了!)

可是,念头一转,既然如此,今天不能再这样损失下去了,就挑一个脸蛋比较好看的算了!

"你是森田蜜吗?"

两个女孩露出怯怯的表情点点头。比起把头发梳成麻花辫的女孩,另一个女孩的眼睛、鼻子看起来要好看些。

"哪一位是森田小姐呢?不是你吗?"

运气真不好!结果像乡下土姑娘,又像小学生似的把头发梳成麻花辫的才是蜜。

"怎么是两个人来的呢？"

"是她要我一起来的。"不是蜜的另一女孩小声地似乎生了气地说，"我不是说了吗？他不喜欢我跟来呀！"

尽管心理上早有准备——如长岛嘲笑的一样，又不是和什么名门闺秀约会，只是找个人填补寂寞罢了。可是等到只有森田蜜和我单独在一起时，又突然觉得很悲哀——那种绝望和失落的心情就像明明知道考不上，可是一旦在榜上真的找不到自己名字时失落的心情一样。

"蜜……我……要回去了，可以吗？"

另一个女孩以微含敬意的眼光看我，然后向森田蜜告别。

"那不太好吧，阿好！"

蜜的表情真的很为难，她抓住同伴的手，却被挣脱掉了，阿好跑向车站登上楼梯走了。紧接着有一列电车发出巨大声响，从头上的高架铁路通过。刮下来的纸屑粘在蜜裙下的短腿上，我看了一眼那柿子色袜子的褶皱，感到乏味极了。

"阿好回去了，真是伤脑筋！"

她用鞋尖踢着地面嘀咕着。

"有什么伤脑筋的？你难道没和男朋友约会过吗？"

"哪有那样……而且……我……"

"假日，你都一个人去看电影吗？"

"不是呀！都和阿好一起去的。"蜜第一次笑了,那笑容掺杂着愚笨和善良。"假日都和阿好在一起。"

我想总不能老是站在这厕所臭味熏人的地方,于是移动脚步,蜜就像小狗似的乖乖跟在后面。

"要去哪里呢?"

"带你去保证让你吓一跳的地方。"

我突然想起那晚金先生所说的话,于是说起轻佻的话来。(阿呆！真是阿呆！就算是下流的话,或什么话都可以！)突然间我对自己认真地等待的竟是这般愚蠢的女孩,感到悲哀起来！可是,也不能就这样子甩掉不管啊！

两人走出涩谷车站时,已是夜晚了。下了班忙着赶回家的人们,露出疲惫的神态,摩肩接踵地从月台拥向楼梯。矮个子且微胖的她,为了赶上我的大步子,很辛苦地卖力移动着脚步。

"鼻头都出汗了呢！"

深秋的夜晚,八公广场前凉意已深,而蜜的蒜头鼻上却出了汗。广场四周聚满了约会的男男女女。

"我从没到过人这么多的地方,您呢?"

"嗯！来过,还在这儿卖过彩票呢！我不打工是没办法念书的。"

反正对方又不是什么名门闺秀,也用不着讨好这种小女孩,于是我说话的语气就粗鲁起来了。

"那么,您——"蜜的声音忽然变得亲切起来,"是在工作?"

"是呀!挺辛苦的,学费和生活费都得靠自己赚才行。"

至今记忆犹新的是:那时,蜜突然停住脚步用怜悯的眼光看着我,然后犹豫了一下,把小手伸入廉价毛衣的口袋里。

"怎么了?"

"刚刚是您帮我付了电车费吧!我自己的部分,自己付。"

"你说什么?!"

"可是您乱花钱……明天,不就麻烦了吗?"

道玄坂斑马线上的信号灯由红转绿,人潮把我们推往电影院的街道。人潮从后面把我和蜜分开了,但很快肩又靠在一起。而她也不管现在是在大马路上,竟大着嗓门说:

"不可以乱花钱呀!我只付自己的。我和阿好在一起时,也都是这样子。"

"你身上有多少钱?"

"有四百日元。"

四百日元!那可是我的两倍。我把冰冷的手放入雨衣的口袋里,用手指心疼地摸摸弄皱了的十日元钞票——这是向长岛借了一百日元,再加上自己的一百日元。要是今天就把这些钱全部用光,也真够令人心疼的。

"嘿!看不出你这个女孩子倒是很有钱!"转瞬间我讨好似的说,"你一个月有多少薪水呢?"

蜜开始对着我自满起来了,这时我才知道她在经堂站的制药工厂当事务员的月薪是三千日元;但因镇里的工厂人手不足,如果帮忙做包装或什么的,另外还有津贴。现在和阿好住在一起。

"你的家乡在哪里呢?"

"在川越。您知道吗?"

"不知道。偶尔也回家吗?"

蜜的家庭似乎很复杂,她皱着眉头摇摇头。

涩谷的"地下生活者"和新宿的"最底层",都是我们大学生在那儿喝酒、唱歌,流连忘返的地方。白天看来像是仓库的破旧房子,天色一暗却也有种山间小屋的气氛;在原木上缠绕着人造的常春藤,煤油灯垂挂在天花板上;烛火把聚在这儿的男女身影,斜映在墙壁上。穿着怪异俄式上衣的男子,在大家觥筹交错之际用放在膝上的手风琴,演奏起俄国的民谣。

连这种地方蜜似乎都是第一次来,就像刘姥姥进大观园般,躲在我的背后紧抓着我的雨衣。

"到这种地方来,是不是很贵?"

"当然很贵啊!"我讥笑道,"你身上不是有四百日元吗?"

"这些够吗?不过,回去的车费可要留下来呀!"

岂止是够而已,给一百日元还可以找回许多零头呢!但是我没说出来。

"到这里来的都是大学校的学生吗?"

她怯怯地看着店里到处走动的、穿着黑毛线衣的青年和戴着贝雷帽、衔着香烟的女孩。这些都是我最讨厌的文学青年和戏剧少女——都是些嘴里嚷着存在主义啦,虚无啦等等好像很有学问的样子,可是身上穿的却是肮脏的内衣裤和臭味熏天的袜子的家伙。

"这些人都和您一样,是大学校的学生吗?"

"阿呆!"

不知哪来的家伙,装模作样地坐在一、二楼间的楼梯上,拉起手风琴来了。在紫色烟雾弥漫的座位上,青年和少女们配合着拍子唱起歌来。这群家伙的脸上,明白地写着合唱是青春的特权、是高尚的生活。在那些空虚的脸上有一种寒风吹过的感觉。

"你不知道吗?这首歌……叫作《特洛依卡》。"

"我不知道。"蜜悲伤似的摇摇头。"我不过是初中毕业罢了。"

"那么,请那个拉手风琴的拉你喜欢的……《青色的山脉》吧!"

由于我的讽刺,蜜把头低下来,然后难为情地微微挪动屁股。

"怎么了?"

"厕所在哪里?"

"厕所?是W·C吧?"

"嗯!"

蜜深深地叹了一口气的同时,已经从毛线衣的口袋里掏出一把卫生纸来。刚刚会面的地方满是厕所的臭味,而现在才刚坐下来她又马上想上厕所。(我和她真是臭味相投呀!)

蜜起身上厕所后,我抽着香烟;这时有人拍我肩膀,回过头一看,是个用凡士林和发蜡把学生帽帽缘涂得闪闪发亮的男子。

他名叫系川,和我念同一所大学,戴着一副发白的无框眼镜,是那种走在路上不停打响指弄出"嗒嗒"声响的男子。

"很般配哦!"

"什么?"

系川把小拇指竖得挺直。

"是你女朋友吧?"

"别说笑了。哼!谁会对那种小女生有兴趣?"

"好,好,算了!反正是要上吧!"系川讨好地说,"让她喝这儿的鸡尾酒,想要尽快弄上手,那是最好的。"

鸡尾酒,这名字听起来挺好听的,其实是这家店在烧酒里渗入汽水,用小汽水瓶子装的一瓶卖八十日元的饮料。喝起来味道意外地好,不知情的女孩常会一口气就喝完,很快地烧酒会使她的身体麻痹、失去控制力。

"我去帮你叫。"

系川闭上一只眼,对着服务生打了个响指。

等蜜从厕所回来时,服务生已把透明的液体倒入两只廉价的玻璃杯中,端过来了。现在回想起来,那时我只要对她说一句"不要喝"就好了。可是当时系川从角落里投射过来的视线却让我感到疼痛,要是不采取行动,系川一定会向同伴们嘲笑我连一个小女孩都弄不到手。何况那时我内心某处也有一种声音在催促着:

(反正不是谈恋爱的对象,上就上吧!)

"这是什么?"

蜜的蒜头鼻旁边,浮现出傻傻的笑意,我默默地看着她把那液体像喝茶似的喝光。

"我从没喝过像这样的外国酒,很贵吧?"

"是呀!"我疲倦地回答。"啊!是很贵、很贵的。不过……你不用担心。"

不一会儿,她的脸就红得很难看,厚厚的嘴唇淫荡地微微张开着。

"我好快活!要是也带阿好一起来就太棒了。阿好一定会吓一跳的!"

蜜的话逐渐地变得亲昵起来,系川从角落的位子用单眼对着我打暗号,刚刚那个装模作样的男子又开始拉起手风琴。一个戴着贝雷帽,留着山羊胡子的老头子,从那边的桌子绕到我们这边来了。

"他真的会为我拉《青色的山脉》这首歌吗?"

"走开!"

老头子走到我们桌前,在蜜的耳旁不知嘀咕些什么。

"走开!"我大吼着,"没人要你看手相。"

"没关系。老伯!请您看看,钱由我付。"

穿梭在涩谷的餐厅、酒馆,专为人看手相的老头子,那天晚上对蜜占卜运势所说的,不过是"信口雌黄"的话罢了。但是他说蜜对人太好了,会导致自己身亡的那句话,或许只是"偶然"却说中了。他说:"你太善良了,不小心是不行的,否则老是会被男人利用!"我嘲笑他胡说,而蜜只是像白痴似的笑出声来。最后,老头子还说了一句:"你几年之后会碰到想都没想过的事。"想都没想过的事?到底是什么呢?老人没说出来,露出狡猾的笑容,从蜜的红色钱包中骗走了二十日元,扬长而去。

从椅子站起来的时候,蜜已醉了,步履不稳、摇摇晃晃地,嘴巴张得大大的,抓着我的手臂一步一步地,慢慢走下楼梯。在楼梯上我和系川擦身而过。

"祝你好运!"

"别开玩笑了!"

我已决定了把蜜带到什么地方去。我记得打工时曾看到过,在道玄坂往左转,沿地铁的车库旁的阴暗斜坡里,有家旅馆写着:两人住宿一晚一百日元。

道玄坂的商店已到了打烊的时候,发上抹了很多发蜡的店员两手抱着硬铝制的套窗,边关门边吹着口哨。在人行道上昏暗的角落里,围着围裙的中年妇女,把从书店买到的二手书和杂志排列在报纸上叫卖着;有一本杂志封面上印着年轻的裸体女郎弯着手臂枕在脑后,三四个男人眼睛睁得大大的正翻看着。手上拿着"情侣咖啡店"广告的皮条客,看到我和蜜露出轻蔑的笑容,不知说些什么嘲笑的话。还有烤地瓜的车子,发出刺耳的车轮声,从我们刚转弯的路转向道玄坂驶去了。

(是榎木建一吗……)

不知为什么我突然很寂寞地又想起在金先生那儿的打工——四处散发传单的事。这是些把"榎本健一"巧妙写成"榎木建一",满是油墨的脏传单。我耻笑那些传单,可是仔细想想把它们散发到秋日农村的不就是我自己吗!现在的我不也像故意把真的"榎本健一"写成假的"榎木建一"那样,正用如情人般的语言欺骗着这个女孩吗?然而那时,在沿着地铁的车库和铁路专用线的大和田町一角的斜坡上,可以看到涩谷稀疏的灯火。那时候的人们,过着没有必要区分真假的日子。

"我喜欢上你了。"

我注视着斜坡上的一盏小灯,用背诵方程式的口气说。用廉价竹篱围起来的,有几扇小窗的旅馆就在眼前了。

"这里是哪里?是车站吗?"

蜜似乎没把我的话听进去,不安地站在阴暗的斜坡上,从嘴里吐出白色的呼气。

"这里是涩谷车站吗?"

"不是,还要再带你去一个地方。"

"再不回去,阿姨会骂人了!"

"没关系,还早嘛!"

"对了,刚才那地方是您付的钱,我出一半好了。要不然……"

"要不然怎么样?"

"您花了很多钱,明天不就麻烦了?"

她又把手伸入毛线衣的口袋,在黑暗中好像把钱包拿出来了;然后把一张脏了的一百日元钞票默默递给我。

"省省吧!"

"没关系! 我还有,晚上再加班就行了。帮忙包药,包五天就有五百日元呀!"

不知为什么,她的声调让我想起母亲。对了! 这就是母亲讲话的口吻。念中学时,因战时食粮缺乏,母亲常把自己的菜加在孩子的便当里。每次我拒绝时,母亲总是这样安抚我,说话的语气就像现在的森田蜜。母亲永远不会意识到那样做反而招惹小孩讨厌。

因此我默默地接过森田蜜皱了的一百日元钞票,放进雨衣的口袋里。为了减少内心的疼痛,自言自语着。(没输也没赢……)

在铁路转换线上手持蓝色煤油灯的站务员,穿过铁道消失在黑暗中;斜坡下的小吃店中,醉客的吆喝声随风飘送过来。

"要是老想着明天的事,还活得下去吗?"

大和田町的旅馆街又恢复了宁静,这里是给道玄坂的醉客逮到女人后玩乐的地方。或许是时候尚早,不见半个人影。我把刚从蜜手中接过来的一百日元钞票在手掌中揉成团,一百日元两小时,我打算把租房间的旅馆费省下来。

"进去呀!"

在小门和玄关之间,象征性地种了几根细竹,摆了几块奇石。玻璃门微开着,里头摆着一双双的男式皮鞋和高跟鞋。

"咦?"

蜜吃惊地抬头看我,后退了一两步。

"没关系!"我抓住蜜的手臂,往自己身上拉过来。"我喜欢你。"

"不!我怕,我怕呀!"

"我喜欢你,好喜欢你。因为喜欢你刚才才跟你去喝酒,好喜欢你,所以才跟你一起散步的呀!"

"不要,我怕。"

我想抱紧蜜的小身子,她的力量却意外地大得出奇,反而把我推开了。她的头发拂在我的脸上,皮球似的身体在我的手腕中挣扎着。

不负责任的话连珠炮般跑出来了,其实这些话与其说是我自己的话,不如说是男人的黑色情欲中产生出来的话来得妥当。有什么关系呢?情侣一起过夜哪里不好呢?喜欢你所以才想要你的身子,不可怕的,没有什么好害怕的。你不相信我吗?既然如此,为什么今天又来赴约呢?你那么讨厌我吗?那么讨厌我抱你吗?总之,这是所有男人想要占有毫无爱意的女人肉体时,所说的不负责的话。

"喂!怎么?不喜欢我?"

"喜欢呀!我也喜欢您呀。"

"那就表现给我看看,拿出喜欢我的证明给我看。光是嘴巴讲喜欢,对大学生的我们是行不通的。马克思也说不给予一切的爱是自私的。"

当然,那是胡诌的,马克思要是听到的话,一定会哭出来!

"第一,拘泥于处女是反动性的旧思想哦!大学女生都积极、主动地把处女丢掉,就因为拘泥于这种无聊的旧习惯,所以日本的女性一直都没进步。难道你们在中学时没学过吗?"

"我没学过那么深的东西。"

"我想也是,因为中学没教这么高级的事。不过,在大学呀……告诉我们男女的权利是一样的,因此只要有爱情就可以把保守的贞操观念抛弃!你懂吗?"

蜜茫茫然地摇摇头。这个女孩对我的演讲,似乎连一句都没听懂。

"总之……在这种地方,不要那样大惊小怪的,反正,高高兴兴地一起进去吧。刚开始可能会有点害怕,不过嘛……黑格尔也说人对于新的进步会感到害怕!"

呸!什么马克思、黑格尔,都是胡扯的!可是我们在挤得像沙丁鱼般的教室里,从上课有气无力的教授那儿学到的这些学问,要是还有这么一点用处,也不枉我辛苦打工付那么昂贵的学费了,不是吗?

总之,我这样胡扯也没什么要紧的,只要搬出马克思、黑格尔的名字,一定可以唬住这个在工厂工作的小女孩。

"走吧!"

我抓住蜜的手,可是蜜却像小孩子似的拉着我的手说:

"回去吧!我们回去吧!"

"回去?"

我对这个女孩真的感到愤怒了。搞什么?是不是只打算随便跟我玩玩罢了?我说得口干舌燥了,还蠢得像驴子。这个固执的女人!

"好,我懂了。那,我一个人回去了。"

在黑暗的斜坡上,我迈开大步走。一种白费心机的感觉,交杂着连这样的一个小女孩都弄不到手的窝囊气,我真的对森田蜜生气了;不只是对蜜,对自己,还有对不管用的马克思、黑格尔,都感到生气。

这时,从右肩和背部之间,突然感到一阵如针扎般的疼痛。曾患过小儿麻痹症的我,似乎也患了轻微的肋间神经痛。像今天这么疲倦时,手臂用力之后,从肩到背部就感到阵阵疼痛。

哎呀!我呻吟着,忍住疼痛在斜坡上继续往前走。我知道蜜从后面追来,但我没回头看,仍然继续往前走。

她"呼呼"地喘着气,追上我和我并肩走的时候,鞋子发出"啪嗒、啪嗒"像鹅走路时的声音。

"您——生气了?"

"当然!"

"不和我交往了?"蜜哀伤地说,"已经不……"

"我没办法呀!刚刚不是证明了你根本不喜欢我。"

"证明?"

"是证明,你连这样的词都不懂吗?你既然讨厌我,以后就没必要再交往了。"

"我喜欢您。可是我不喜欢去那种地方。"

"哼!既然这样就再见吧!"

走到斜坡路的尽头,从那儿可以看到通往道玄坂和车站旁一大片小吃摊的灯火。在中华面摊上,两个喝得脸红红的男子捧着碗,不停地动着筷子。

"不再跟我见面了?"

"不再见面了。"

正说着,背部和肩膀之间又感到一阵刺痛。这次比上次痛得更厉害,我不由得叫出声来,用左手压在右肩上。

"您怎么了?"

蜜吓了一跳,直盯着我的脸看。

"好痛呀!这是以前患过小儿麻痹症的关系,我的右肩有点下垂,脚也有点跛,所以女孩都不理我。残废似的身体,到现在从没有女孩喜欢过我……哼,连你也不理我!"

"你是跛脚?"

那时,小吃摊的煤油灯光,使黑暗中蜜的脸显得更清楚,她以悲伤的眼神注视着我。看来她是真的相信我夸张的话。

"是呀!是跛脚,不讨女孩喜欢的跛脚呀!"

"好可怜……"突然,她像大姐姐似的用两只手掌包住我的手。

"好可怜呀。"

"够了!我不需要你同情。"

"您去过几次那种地方？"

"我怎么可能去过呢？今天，我还以为你喜欢我……我是第一次……哎呀，我还以为……"

我毫不在乎地学起廉价电影里流氓的台词，没有别的想法，只想把心情说得更糟罢了！可是，我却发现这种谎言反而抓住了蜜的心。

"原来是这样子……既然如此……既然如此就带我到……到刚才那地方去好了。"

我的手记(三)

"原来如此,既然这样……就带我去。"

在斜坡路上,远远地听到地铁进入铁路转换线时发出的钝重声音。在路旁的小吃摊上,捧着大碗中华面的男子,回过头来看我们。

我仍然记得那时蜜的表情:喘着气,断断续续地说着话,悲伤地看着我的脸——那种小孩在等打针前所露出的恐惧表情。

很奇怪的是,我的欲望已经消失了。这个女孩诚恳的态度,转而让我产生了一点也不像我的、宛如怜悯与后悔的感情。我是最下流的人,要是今天我为了自己的欲望,利用了这个女孩的善良,那么我就是最最下流的人了。

"嗯?现在才说这种话。"我仍然虚张声势,"事到如今,还去得成吗?"

"您还在生气啊？对不起！"

"我没生气，是嫌你啰唆。已经不想去了。"

朝着涩谷车站方向的小吃摊，我迈开大步走在狭窄的空地上。醉客碰到像小狗似的跟在我后面的蜜的身子时，大吼着："混蛋！你给我小心点！"

"哎呀！我好难过。"

"怎么了？"

"还不是您呀！像士兵行军似的走那么快！"

走到车站前的大马路时，激动的心已逐渐平静下来。回头看蜜，那蒜头鼻上满是汗珠，她的气息粗重，脸色青白。

"你是不是心脏不好？"

"我……出了汗。不用担心。"

"哼。"

"对不起，没有让你得到安慰……真的对不起。"

夜晚的寒风，吹过道玄坂上已打烊的商店街。斜坡上，三五个在夜间饮食店上班的女孩，手按着和服的下摆，快步地朝车站的方向走去。纸屑在她们的身后飘落，她们为什么非这么匆忙赶向车站不可呢？那时的我要是有心想这问题的话，就能够理解站在我面前，表情沮丧的蜜了。可惜当时我却无法理解，即使是在涩谷上班的女人，也同样有她的男人和小孩,也有爱。因此才会边用手按着下摆,在寒风肆意的夜晚中快步赶回去。而蜜呢……

"我……要怎么办,才好呢?"

已经快十一点的车站前,还有两家摊子点着微弱的煤油灯,旁边有一位穿着蓝色制服的救世军老人,两手捧着捐献箱,无精打采地站着。

"省省吧!又不是卖东西的。要人家捐献,结果还不是把别人捐献的钱给吞掉了。"

说时迟,那时快,蜜已从钱包里掏出十日元钞票塞进箱子里了。脸上没有特别表情的老人,从制服的口袋里拿出像大拇指般大小的东西给了蜜。

"哎呀!给了我这种东西。"

不知是否为了讨好我,蜜买了那东西后回过头来看我,手上拿着的是用锡溶化后制成的十字架。那又薄又小的十字架,根本用不着十日元,真是冤大头啊!

"再给我三个好吗?"

蜜又把三张钞票放入箱子里,老人面无表情木偶般机械地又从口袋里拿出同样的东西。

"为什么买这些无聊的东西?这是做礼拜时免费发的呀!"

"可是,我……把一向带在身上的大师的护身符给弄丢了。给您一个。"

"我不要!"

"喂,带着吧!带着一定会有好处的呀!"

蜜把金属片像什么牛奶糖赠品似的,塞到我的手中,然后嘴巴张得大大的傻笑着。

"回去吧!"

"您真的不生气了?还跟我见面吗?假日我可以到您的宿舍玩吗?"

我露出生气的表情,让她知道那是绝对不行的。要是随便让这种女孩找到宿舍来,不知会被长岛和其他的学生把我嘲笑成什么样子。我对蜜说会跟她联络的,然后把成了某种重担似的她,赶回车站的方向去。

蜜像小孩子般频频回头看我,等到她爬上帝都线的楼梯后,突然间我感到好累。用手揉揉因小儿麻痹症而麻掉了的手臂,然后把手伸入口袋,准备掏香烟之际,手指碰到了小小的硬东西——那是蜜刚刚塞给我的,无聊的东西。舌头发出"啧"的厌烦声,我把它丢到路旁的水沟里。浅黑色的十字金属块,掉到被稻草屑和空烟盒塞住了的臭水沟里。

我拖着疲惫的身子,回到御茶水的宿舍。长岛戴着口罩,躺在棉被上。

"怎么样？"

"什么怎么样？"

我脱掉上衣和裤子后，钻入满是体臭的万年床里。长岛似乎还想问些什么。我闭上眼睛，把脸埋进从未晒过太阳、潮湿而冰冷的棉被里。

这就是我的第一次约会，根本不值得一提、无聊的约会！而我真正侵犯了蜜的身体的日子是下一个星期日……

第三天下午，我又到斯旺兴业社找金先生要工作。因为我觉得上次的打工中，他已经相信我而且对我有了好感。

午后微弱的阳光，从安装不良的玻璃门投射进来。那个外国人仍然把脚搁在积满灰尘的桌上，还是用手指挖着鼻孔。

"哈哈，是你啊！哈哈！"金先生笑得有点狡猾地问我，"你今天还是没精神呀！是不是又碰钉子了？"

我想起蜜的事，苦笑着说：

"哎——我需要工作。什么女孩子，那真是太无聊了！"

"工作、工作、工作啊……"金先生拿出口香糖，剥掉锡纸后很灵巧地放入嘴里。

"也不是没有……"

"我什么都干。别看我这样子,我还会开车子呢!"

"不过,这工作有点不一样,但钱给的很多哟!"

故意把"榎本健一"写成"榎木建一",没有丝毫愧意,还让假冒者在樱花镇演出的金先生,反正我早就知道他这儿不会有什么正当的工作,所以一听到他说这工作有点不一样时,早就有了心理准备了。甚至于还联想到最近报上常刊载的,外国人从香港偷运禁品的新闻。

"你愿不愿意做托儿?"

"托儿?是搬东西吗?犯法走私工作,或者是挑重东西的工作……我是不行的。"

"你这个傻蛋!"

金先生笑了,用力"呼"地吹了一下满是白色灰尘的桌面,然后拿起话筒、拨动号码,嘴里开始说着我听不懂的他的母语。

"嗯,没问题。"

挂掉电话后,他把口香糖和口水"呸"地直线吐掉。

"怎么样?大学生,去吗?"

午后的秋阳把九段的斜坡路照射得像洒过水似的闪闪发光;护城河旁的银杏叶子,像黄金般撒落在人行道上。穿着裙子、拿着书包的中学女生,从斜坡上喧嚷着走下坡来。留着锅盖头、穿着鲜艳的原色裤子的金先生,突然压低声音,注视着我。

"要是不喜欢做托儿的话,还有别的工作。"

"什么工作呢?"

"不过……这工作是需要体力的。"金先生突然感到为难地,从头到脚打量了我一番说,"不行,这工作你还是不适合的。"

"是需要体力的工作?"

"嗯!对方是美国的女人。美国的女人里头有些好色的。"

对金先生突然压低嗓门所说的话,我实在写不出来。总之,不是托儿的另一项工作是:以住在神田区旅馆,那些驻日美军的白人护士或白人妇女为服务对象,而内容就跟……前天我要求蜜的事一样。

"那些女人当中有好色的、好色的……"

嘴里直嚷着"好色的"的金先生,用像给牛估价的眼光打量着我那吃明太鱼和杂烩的瘦弱身体后,露出些许悲伤的脸色。

"不行!你还是去干托儿的好!"

要怪金先生的无情,不如怪自己的身体。不过不管再怎么落魄,对要打工的学生,竟然会有想派给那种工作的念头,金先生也实在太过分了。

(话说回来,或许在他眼中,我看来就是干那种事的人也说不定。)

托儿,照金先生的说法,也称不上是什么高尚的工作。在这种社会还有许多懦弱得不敢追女人却好色的男人(直接套用金先生的话),而托儿的工作就是:在酒馆里帮那些懦弱但是好色的男人,让女人喜欢他……然后再从他那儿拿酬劳。现在的我们很难相信会有这种荒唐事,可是在战后的东京,却流行着几种想象不到的买卖。上野公园入夜之后,有穿着女性衣服、打扮怪异的男人,流连着寻找客人……实在也很难描绘出来。我想请读者向经历过那个年代的人打听一下,或者就只凭想象猜测吧!反正就是一些现在的我们听了都想笑出来的下流买卖。当我跟着金先生在午后,从九段的护城河旁登上旧练兵场时,我才知道这可不是凭空捏造的。

这里在战争爆发之前,一直是近卫师团的兵营,现在却荒废着。水沟没疏通以至于黑色的水面上漂浮着垃圾和木片;练兵场上一阵风卷起黑土,好像小龙卷风似的。当东京还有这么荒废的、满目疮痍的地方的时候,什么托儿啦之类的千奇百怪的买卖,就应运而生了。而且,人心也是每天惶惶不可终日。

"去哪里呢?"

"去那边,就是那个男人那里。"

金先生指着残留在练兵场四周,看来像马厩的木造军营点点头。顺着他手指指着的方向望过去,前方有一位穿着黑色大衣的男人,一脸失落地站在一辆日产的小汽车旁。

"这是兼差的大学生。嗯!上次找他干过,挺靠得住的。"

金先生讨好似的拍拍男人肩膀。

脸颊上留有伤痕,身穿夹克的男人,用锐利的眼光注视着我。

"你会开车子吗?"

"会!"

"太好了!"

幸好我在町田的美军营区里学会了开卡车。

"那么,这部车会开吗?"

"我想可以。"

"好!这样的话,就决定雇这个学生……"

穿夹克的男人对我说明了工作内容:

这部车子到晚上为止,一直是停在这儿。车里有一套西装,你换上西装,十点准时开到新宿东都座的脱衣舞剧场前。

在那里会有一个五十多岁、留着胡子的中年男人等着,他就是你的客户龟田先生。龟田先生是某公司的万年课长,现在正迷恋着东都座的一个舞娘。你要在那位舞娘面前演戏,把他当成大公司董事般侍候着。

"那么我要扮演什么职位?"

"你就当他的司机,把客人当董事般地侍候,懂了吗?托儿,好好干呀!"

"是!"

"工作完毕后,明天早上把车子和西装送回来。这次工资是三百日元,以后再加薪。"

跟金先生和穿夹克的男人分手后,走下九段的护城河时,我吐了口痰在黑色的水沟里。(要钱,也要女人。)想到长岛和我经常瞪着天花板说的话,其实这并非只有我们穷学生才这样想的呀!等我五十岁过后,也一样会雇托儿来追年轻的舞娘也说不定。哎!既然答应干了,叹气、发牢骚都是枉然的。

快到十点的时候,我依照指示,从练兵场把旧车子开到伊势丹后面停住,走路到东都座,这里是战后最早推出脱衣舞秀的剧场。

到了约定的地点,看到留着胡子的五十多岁的龟田先生,已在那儿原地踏步等着。他假装看着报纸,却又偷偷观察四周的动静,那样子看来真可怜!

"您是龟田先生吗?"

"啊,"留着胡子的龟田先生,用手揉揉鼻子,"你是托儿吧?"

"是的。"

"一切——"他不好意思地小声说,"就拜托你了。"

之后,他从口袋里掏出手帕来擤鼻涕,看着这个规规矩矩而又胆小的"万年课长",连当学生的我也想象得到——他一定是全勤的,每天从郊区的家赶到公司上班。到了星期日,就躺在床上听收音机里的歌唱比赛节目、骂骂小孩,晚上喝瓶二级清酒的男人。有一天,这个规矩而又胆小的男人,却被同事们恶作剧地带去看脱衣舞,结果竟然迷上了舞娘;我猜一定是这样,错不了的。

虽说她只是个脱衣舞娘,可也不把已有老婆、孩子的五十多岁男人看在眼里。而龟田先生一定正幻想着自己是社长或董事。他每天到公司上班时,或许会以嫉妒的眼光,注视着和自己年龄相似,但却有高学历的上司的背影吧!

我因为突然兴起说不定自己将来也会落得和他同样的命运的念头而感到不安,总觉得这样活下去是很寂寞的,让人受不了的。

"去叫她出来吗？"

"啊……那就麻烦你了。"

"舞娘叫什么名字？"

"啊……叫葛莉普·稻田。"

东都座的楼梯上空无一人，可是却有喇叭声自楼梯的上面传出。在贴着"闲人勿入"的门前，有个穿黄色毛线衣的青年正看着乐谱。

"我想找葛莉普小姐。"

"有什么事？这里不能乱闯！"

等到我递给他五根好彩香烟之后，这个像玉筋鱼的青年马上露出狡猾的笑容。

"葛莉普小姐，外找！"

门内有几个白色的裸体晃动着，有站在桌旁吃中华面的，也有穿着红色毛毛的长袍、嘴里衔着烟的。她们当中的一个边走边挠屁股，一摇一摆地向门的这边走过来。

"有什么事？"

"我们的董事……"

"你们的董事？"

"是的，我们的龟田董事在下边等您，想请您吃夜宵。"

"咦？"女郎停止挠屁股的动作，把贴着假睫毛、涂了眼影膏的眼睛睁得大大的。

"那个老先生,是董事?"

从她那蠢得像猪的脸上,我突然想起森田蜜的笑容。毫无疑问的,眼前的这个舞娘,一定是和蜜在同样的环境中出生、长大的。

"等等,你说他在下边等着?咦?那个老头子会是董事?"

"他是我的上司。"

我闭上一只眼睛笑了,走下楼梯。龟田先生好像有点冷似的,斜靠在剧场的墙壁上跺着脚。

"怎么样?成功了吗?"

"提起精神来,您现在是董事呀!"

我把车子从伊势丹后面开出来,当留着胡子的龟田先生还提心吊胆地坐在车中等候时,那个白屁股的舞娘,披着松垮垮的绿色大衣出现了。说是大衣,其实真像台球场里用来盖台球桌的桌布。

舞娘嘴里嚼着口香糖,一边还哼着不知名的歌。

"肚子饿了吧!"

"董事,去哪儿?"我转动方向盘,问着。

"嗯——"

龟田先生只发出像便秘时在厕所用力挤出的悲痛声。这样一来,任务上一切都得靠我安排了。

"新桥或筑地的酒馆,容易被人发现;而且董事您又是私下行动,那种地方可能没意思吧?"

"嗯——"

"不如到新宿去,您可以和这位小姐好好地谈谈,怎么样?"

然后我转向发愣的舞娘说:

"爬到董事的位子后,平常都是在酒馆见客的,很少到像新宿的那种地方去。"

"我不知道他是董事呀!"

"就是嘛!董事常告诉我们,生活要节俭、朴实,而且他自己也是事必躬亲的哟。"

"你是龟田先生的司机?"

"是的!我还担任秘书的工作。"

很奇怪的是,手里转动着方向盘,嘴里信口开河地演着戏,说着说着连自己竟也觉得像是真的一样。可是当我从后视镜瞄了一眼龟田先生时,却发现他把头深深埋入被手指弄脏的衣领中,看脸色似乎坐得很不舒服的样子。为了鼓起他的勇气,看来非借助酒精的力量不可了。

我把车停在武藏野馆的前面,从这里到车站之间,火柴盒般的小吃店一家紧挨着一家林立着。路上飘散着油烟味和烤鸡肉串的味道,另外还交杂有文蛤、海螺的香味。女人们在摊子上大声吆喝招揽着客人。

"董事,这里是较大众化的地方,您就和小姐一起散散步,怎么样?"

下车后我偷偷拍了一下龟田先生的肩膀,他的步履竟有些不稳。我内心喊着:振作点!否则就白活了,你不是迷恋年轻的女孩吗?他有点不安地问:

"这里要花很多钱……差不多要多少呢?"

"别担心,一百五十日元就可以吃喝个痛快了。"

在等他们的这段时间里,我也走入摊子里,享受起铁板烧的鲸鱼肉排。

当我在车里等得连打哈欠的时候,看到那脱衣舞娘晃动着大衣跑过来了。

"糟糕了,你那位董事醉倒了。"

"麻烦了。"

(真伤脑筋!)不过,既然身为托儿,总得把事情做得圆满,而现在不正是最好的机会吗?

"喂!小姐,我有些话想跟你说。我们的董事很喜欢你……今天晚上能不能想办法安慰他一下?"

"安慰他一下……你在说什么?"

"怎么说才好呢?难道你真的不懂吗?"

突然间,贴着假睫毛、涂着眼影膏的脱衣舞娘,发出了僵硬的笑声。

"你才真的什么都不懂。"

"怎么说呢?"

"你真蠢!金先生什么都没对你说吗?"

我连忙问道:"金先生、金先生、金先生说了什么?"但是从女人低俗的红唇中笑着说出的话,全然出乎我的意料。

原来这个舞娘和金先生以及穿夹克的男人都是同一伙的。利用托儿来让毫不知情的客人以为自己真的很受欢迎。而迷恋的结果,却要付给女孩和托儿额外的费用。这种安排对女孩来说既省事,也容易赚钱,更可白吃一顿;而对金先生和穿夹克的男人来说,也有手续费可拿,比起纯粹帮女孩拉客的皮条客来说更赚钱,有双重的好处呀!

"原来是这么一回事!"连我都苦笑了,"原来是这样的安排啊!"

和"榎木建一"那件事一样,金先生干的一切事情,一定有他的阴谋存在。那个外国人所安排的一切,无丝毫的漏洞,内幕中还有着内幕。

龟田满面春风地回到车内,脸上的胡子被酒和口水给弄湿了。他用牙签边剔牙边说:

"小姐,我真的迷上你了,真的迷上你了。"

舞娘斜眼看了我一下,现出狡猾的笑容。

"还是找个有榻榻米的地方,让这位董事解解酒的好。"

是的,这样的话事情就比较快解决了。

"好!就这么办吧!"

"喂!"龟田先生趾高气扬,和刚才简直判若两人。"司机,还不赶快开。不快去,就把你炒鱿鱼!"

我边踩油门,脑海里又一次浮现刚刚心中所描绘的龟田先生的生活:在公司上了一星期的班后,回到那郊区的小房子里,屋檐下晒着小孩的内裤和衬衫。星期天穿着过膝的衬裤,蹲在庭院制作老婆吩咐的簸箕。然后呢?躺在床上听旧收音机里的"拿手好歌"节目,再然后……第二天,又得到公司过着单调的上班生活。

千驮谷区的旅馆街又恢复了宁静。在我们这辆老爷车车灯的照射下,老鼠在灰色的墙角和垃圾堆后面窜跑,车上的舞娘慵懒地把脸靠在窗上哼唱着歌。

那天我抛弃了的女人

我不知道她

　　现在在哪里呢

　　现在在做什么呢

　　可是有时候,我胸中隐隐作痛

　　那天我抛弃了的女人

"这是什么歌?"

"您不知道啊!是迪克·米内唱的呀。"

"哎?"

后座上龟田先生和舞娘交谈着,十分钟后,两人穿过旅馆幽暗而寂寞的门灯……

穿过旅馆幽暗而寂寞的门灯,我和蜜轻轻地拉开玻璃门。在玄关的水泥台上,摆有鞋油已全掉光的黑色男式皮鞋和鞋跟已磨损的高跟鞋。

不一会儿,板着脸孔的女服务生在走廊下出现了。她问:是休息,还是过夜呢?

两人跟在女服务生后面,彼此都故意避开对方的目光。登上散发着厕所味道的二楼楼梯时,听到二楼里面有使用厕所的声音。

女服务生离开之后,我和蜜面对着冰冷的茶和小盘子坐下。蜜两手放在膝上,身体僵硬地低着头。我为了掩饰窘态和难为情,故意打了个哈欠,然后注视着盘中"最中"①的包装纸上的文字:

"两人共尝的最中滋味,其味如何?"

墙壁上留有蚊子被打死后的黑色血迹和指痕;窗外用小木板块围着,以免春光外泄;房间的角落上,摆着一床薄棉被和留有白色指痕的热水瓶。

窗外下着毛毛雨。从木板块的缝隙往外看,看到一个礼拜之前我和蜜边走边吵的斜坡路上,有一个女人撑着伞,有气无力地走上来;地下铁的铁路专用线被雨淋湿了;一辆车子在穿着雨衣的男人指挥下,开进了车库里。

"我们躺下来吧?"

我佯装很有精神,可是嘴里发出的却是有点激动且沙哑的声音。

"喂,靠过来一点嘛!"

---

① 最中:一种日本传统甜食,由圆形薄皮包着红豆馅。最早是平安时代皇宫内的御用点心。

蜜面向着墙壁,仍然僵硬地坐着。

"快过来呀!我好寂寞啊!"

我真的那么寂寞吗?不!其实不是的。不过,我知道蜜在什么时候会软化下来——在涩谷的小酒吧中,那个看手相的老头子说对了一件事:你的心肠善良得近乎愚蠢!

这个女孩与其说是善良,不如说是只要看到别人悲惨、难过的样子,同情心即油然而生;而且还不只是同情而已,居然连自己都给忘了,一心一意地只想安慰看来悲惨的对方。这种俗不可耐的多愁善感,恐怕是在假日看那些赚人眼泪的电影,或者像《明星》之类的娱乐性杂志所培养出来的吧!

蜜对我也是这样。那一天态度那么坚定地拒绝进入旅馆,可是当我稍微夸大其词地说曾患过小儿麻痹症之后,她的态度像春天积雪融化般,马上软化下来。被廉价的怜悯和同情所驱使,她用两只手掌包住我的手,小声地说些安慰的话。因此,当第二次约会的时候,我就利用了蜜的弱点,没受到什么抵抗,很顺利地到这里来了。

"我好寂寞呀!安慰安慰我吧!"

我把脸埋在枕头里,发出对方听不到的笑声。内心里说:你看!一切不是很顺利吗!不过,你真是个坏家伙!坏家伙!真的是个坏人!不过,利用人的又不是只有我一个人而已,还有金先生,还有那个穿着夹克的男人不也都是这样吗?不!连蓄着胡子的龟田先生,不也干着同样的事吗?现在大家都这么干,不干的家伙才冤呢!

我拉着蜜的手臂,顺势把她推倒在床上,打算掀起她柿子色的廉价毛线衣时,她用两手遮掩着自己的脸。我发现她靠近手腕的部位,有个铜板大小、略微肿起的黑褐色斑点,那斑点在白色的手腕上,让人感到极不舒服地碍眼。

"这是什么?"

"没什么,大约是半年前长出来的。"

"去看过医生吗?"

"没有,不痛也不痒,没关系!"

她上身穿着因洗过多次而褪了色的衬衫——那是男人也会穿的绒衬衫。衬衫里面像乡下女孩的、形状不美的乳房上,有着小孩般的小乳头,乳头上面还长着两根毛。

"不要看,人家不好意思呀!"

"不好意思吗?怎么还戴着这种东西?"

这是上一次蜜买的"护身符",因为没有搭扣,用像鞋带的绳子系住的十字架。

"呸!摘下来!"

我粗鲁地拉断那绳子,把十字架丢到榻榻米上。

开始行男女之礼时,蜜皱着眉头,直喊痛。

"好痛,好痛……"

"很快就不痛了。傻瓜!身体硬邦邦的才会这样,放轻松、放轻松!"

突然,还没尽兴,一切就结束了,真的是还没尽兴就结束了。而一直都没在意的被太阳晒成茶褐色的榻榻米,还有墙壁上那打死蚊子留下的血迹、手痕,以及棉被和热水瓶等等,所有的东西突然间看来都脏得令人作呕!就连还仰卧在床铺上,像死人般的蜜,也都让我感到不舒服。被汗水沾湿了的她的额头上,附着两三根头发。丑陋的蒜头鼻,还有柿子色的毛线衣,以及靠近手腕部位黑褐色的斑点,像男人穿的绒衬衫……所有的东西看来也都很脏。而我竟然和这种女孩睡过,我的嘴唇还吻过她的胸部……

香烟的味道又臭又辣,毛毛雨已沾湿了窗外的木板块。天空满布着灰色的云,云下的涩谷街道中泛黄的悲伤正扩展着。今天金先生可能还在事务所里,仍然把脚搁在桌子上吧!而龟田先生是否也撑着伞,在往公司的泥泞的路上走着呢?讨厌!我讨厌过着这样的人生。

"喂!"

"怎么了?"

"这种事,您是第一次?"

"真啰唆!"

"您不寂寞了?"

我坐在榻榻米上,穿着湿了的上衣和袜子。现在连和蜜说话都感到厌烦,可能的话真想一个人单独走出旅馆,去呼吸雨的气息和新鲜的空气。

(再也不要和这种女孩睡觉了,一次已经够了。)

三十分钟后,我和蜜在涩谷车站分手。一路上我一直没出声,而蜜不知是否为了讨好我,像小狗似的跟在后头,从代代木一路跟到了涩谷车站的月台。我实在没有憎恨她的理由,只是当欲望消失后,和这种丑女孩走在一起,甚至连一秒钟都感到厌烦,都觉得无法忍受。

当站务员用扩音器广播请旅客们退到白线之后时,挤得满满的电车缓缓地进站了,而我正好站在停下的车门前。

我没说再见,也没回头看蜜一眼,默默地从人群的背后往车厢里头钻。

"喂!喂!"

我听到背后蜜的叫声。

"下一次……什么时候……再见面……"

她还没把话说完时,门已关上了。谁要和你再见面,我们已经是陌生人了！就和在电车里不小心碰到肩、踩到脚的人一样,是根本就不认识的陌生人了。

当电车缓缓地滑离月台时,我感到些许残酷的快感,把头转向车外一看,很意外地看到——蜜嘴巴张得大大的,仍在月台上小跑步地追赶着电车,微微抬起的手挥动着。或许是怕看不到我而追赶的吧?

很快,她的麻花辫缠绕在脸上,那蒜头鼻突然变小了;蜜以似乎是绝望了的眼光目送着我,她的脸及身子越来越远了……

电车"咔嚓咔嚓"地摇晃着,听到这声音,我突然想起上一次,舞娘把脸靠在车子的玻璃窗上唱的歌。

> 那天我抛弃了的女人
> 我不知道她
> 现在在哪里呢
> 现在在做什么呢

手腕上的痣(一)

包装室的时钟,咚咚地响了七下。

"啊……啊……"

阿好——横山好子,用手掌捂住嘴巴,大大地伸了个懒腰。

"好累啊,休息吧!"

说是包装室,其实不过是四坪大小,用大板隔开来的冷冰冰的房间罢了。阿好把药膏的罐子"砰"地一声丢进箱子里,提起放在火炉上的水壶。

"你还要做啊!"

"嗯!"

森田蜜边接过朋友倒给她的开水,边点点头。

"好贪心呀……最近怎么搞的,老是加夜班?"

"你不用管我!"

"可是太晚回去,澡堂的水都脏了呀……还有今天早上,田口又在发牢骚了……"

"说些什么……"

"哎?!你没听到吗?昨天晚上,你是不是没上锁就跑回去了?"

把已经被药的油脂弄脏了的外套挂到墙壁上后,阿好用手揉着右肩。

"所以呀……要适可而止!我回去了!"

"请吧。"

"好,那就再见了。"

"再见!"

阿好回去之后,在黑暗之中工厂和走廊更加寂静了。蜜继续工作着,偶尔听到穿过黑暗而来的风声;风把外头的电线吹得咻咻作响,也吹得工厂对面的杂树林摇晃不止。虽说这儿也属于东京都内,但是在经堂这一带,仍然看得到麻栎和橡树的杂树林。

这里是出新宿、往小田急的快车经过下北泽的下一站,可是从新宿到这儿也得二十分钟。昭和二十年春天的空袭后,同在世田谷区的代田、梅丘、豪德寺等,都遭受到战火的洗礼。火势也烧到附近来,幸好在上町一带火舌被挡住了。因此,在战争已结束的今天,小市民的住宅之间,还残留着茅草屋顶的农家,以及武藏野的杂树林。

走出车站,是一小段商店街。春天,菜贩把从附近挖到的竹笋拿到这儿来卖,是老早就有的了;理发店的老板,是战时后备军人在经堂的分会会长;而松原电器行,则是当地的地主利用闲暇时经营的。在这条商店街的尽头,是一片还没盖上房子的黑色空地和广阔的葱田。蜜工作的制药及制肥皂的工厂,就设立在那片黑色空地的正中央。

说是工厂,其实也只是座两层的木造四角形建筑物罢了。战争结束后,若林夫妇雇了几个人,在这儿手工制造肥皂。虽然用鱼油原料制造出来的肥皂味道很腥,而且不容易起泡沫;可是在战后物资缺乏的时代,尽管品质实在不好,业务仍蒸蒸日上。但是夫妇俩真正的重点,是摆在祖传药物的经营上。那是当地早就闻名的,名叫"朱丹"的皮肤病药膏,他们的工厂制造肥皂的同时也制造这种药膏。

工厂的员工是四个男作业员加上阿好和蜜,她们除了办事务、跑跑腿之外,还帮忙包装药物。

她们用汽油把装药膏的罐子擦拭干净后装入箱中,上夜班时有时也做肥皂的包装。

到今晚为止,蜜已上了五次夜班。以往除非是工厂要求,否则五点一下班,吃过工厂供应的米饭和煮鱼之后,蜜总是很快就回到附近的住宿处,到澡堂洗完澡,在回住宿处途中常和阿好绕到经堂的商店街闲逛,或者是到租书店里翻翻娱乐杂志。可是自从那一天开始,蜜整个心境都改变了,变得贪得无厌。

（要累积到一千日元,还需要加五次夜班!）

加一次夜班是一百日元,到今晚为止蜜已经加了五次班,因此二十日领薪水时,就可以多拿五百日元。

一想到那一千日元,蜜的嘴角不由得现出笑意。一个礼拜之前,和那个大学生(蜜对阿好都这么称呼吉冈)约会后,她在经堂商店街中一家名叫"佐绘草"的西洋服饰店里,无意中看到了一件黄色羊毛衫。那和车站前市场里那些大量生产的与短大衣、夹克挂在一起的、颜色不好看的毛线衣是不能相提并论的,而是跟高峰秀子、杉叶子那种大牌女明星在《明星》杂志里所穿的羊毛衫一样——软绵绵的,好像手轻轻一碰就会溶化似的,而且轻如羽毛！以往纵使看到那件羊毛衫,蜜也只会认为是买不起的奢侈品,可是现在她却希望能拥有那么一件羊毛衫。另外,也得买双男式袜子,因为那个大学生还把破袜子翻过来穿呢！记得那天在旅馆脱袜子时,他不好意思地抓着脚说:"我们啊！要是袜子的脚踵处破了,就翻过来再穿,破的地方刚好被鞋子遮住,就看不出来了。"

蜜边用包装纸包着肥皂边想着：要是下次约会时,送给他三双袜子,不知他会高兴成什么样子？想到这里不由得笑出声来。

（下一次到他的宿舍帮他洗衣服,同时带些线和针……去帮他补袜子。）

她心里描绘着自己在向阳的水槽,洗着大学生的衬衫和内衣裤的样子。还记得大约是三个月前,看过的电影里,有一个女孩替学生情人洗了一大堆脏衣物。女孩为了要让学生情人专心读书,就帮他洗衣服,而蜜自从在旅馆里发生那件事之后,也一直很想帮吉冈洗衣服。心想：我也办得到呀！我要模仿电影里的情侣,做同样的事……

"怎么搞的？"

突然,有人急速地拍打作业室的窗户,那是名叫田口的中年作业员。他兼任工厂的守卫,全家人都住在工厂里,常给阿好和蜜脸色看。

"喂！八点以后不准留在工厂,你破坏规定,这不是找人麻烦吗？"

"可是……"

"可是什么？昨天晚上门也没上锁就回去了,东西要是弄丢一个看看,麻烦的可是我啊！"

田口的牢骚一向是又臭又长的,一件事就好像嘴里嚼着口香糖似的,一直"磨"个不停。蜜听着窗外的风声,心里嘀咕着:"真倒霉。田口这个烦人的家伙。"

回到住宿处,蜜发现阿好想得很周到,还把厨房的钥匙取下为她放着。两人是向教尺八①的进藤老师租了半楼,这四帖半的半楼以前是房东放东西的地方;因此即使是晴天,太阳也晒不进来。

阿好躺在床上,嘴里边嚼着炒豌豆,边看电影杂志。她是石滨朗的影迷,壁上贴着几张他的照片,还记得阿好曾经咬着铅笔给石滨朗写过信。蜜还记得大概的内容是:

"石滨朗先生,您好!我工作得很好请放心!您的电影我从未错过,我是在经堂的工厂上班,我……"

这是事实,她不但每一部片子都看了,还特地跑到下北泽去看第二遍、第三遍呢!阿好把信投入工厂对面的邮筒后,每天等着石滨朗的回信,可是那个明星却从未来过信。

"工厂的门……"阿好从杂志中抬起头来,"锁好了?"

---

① 尺八:原是中国吴地的一种木管乐器,由中国唐朝(日本奈良时代)开始传入日本。竹制、五孔,以管长一尺八寸而得名。

"嗯！可挨了田口的骂！"

"讨厌的家伙！好色的家伙！"

两人打从心底讨厌田口，是因为他常常对她们恶作剧；不仅仅是恶作剧罢了，甚至还和其他的男工人一起，以取笑她们的身材为乐，发出阵阵下流的笑声。

另外还有一个讨厌田口的原因，是因为以前发生过这样的事：曾有一个名叫三浦真理子的年轻事务员，在工厂上过约两个月的班。有一天真理子在工厂的厕所小解时，突然发现有光线从淘粪口处照射出来，是一个银色的盆状物隐藏在下面——那是一个水桶。原来是有人头上顶着水桶，从淘粪口朝上偷看。真理子大叫着从厕所里冲出来时，那个变态男人早就逃走了。至于那个变态男人是谁呢？凭女人的第六感，真理子、阿好、蜜心里都有数。

要是在以前，蜜和阿好凑在一起时，或许马上会跟着说些田口的坏话。但是现在，虽然听到阿好边嚼着炒豌豆，边骂着那个讨厌的男人，蜜却没有接腔的念头，此刻她心里惦记着另外的事情。雨从旧棉纱般的阴暗天空中落下，从旅馆的窗户可以看到被雨淋湿的斜坡和涩谷的街道，有个胖胖的女人很疲倦地登上斜坡……那时蜜感到好可怕，又痛得很厉害。要不是因为怕不答应会让吉冈感到讨厌，她根本不想做"那种事"。然而吉冈一再说,如果不和他做那种事,就表示不喜欢他。吉冈这么说,更让蜜感到不知怎么办才好。最后她心里想:要是因为做了那种事,吉冈就不再伤心的话,也就值得了。不知为什么,蜜从小时候起,只要看到别人不幸,就会很难过。更何况现在这不幸是因自己而起的,她更是无法忍受。而那时候也是这样的。斜坡路上雨中的旅馆……那真的是好痛、好难挨的几分钟。

愚蠢的她根本不担心会怀孕,不过那种事总不好跟阿好讲。在这之前,两人是无话不说、毫无秘密的好朋友。发生"那件事"后,蜜因着羞耻而没说出来,还有那天晚上,那个地方疼痛的事,以及上厕所时发现出血的事……

"睡觉吧!"

"嗯!"

蜜心想,想些别的事吧!想些令人高兴的事吧!在黑暗中,蜜的心里浮现出车站前"佐绘草"西洋服饰店的黄色羊毛衫。下一次就穿那件衣服,这样和吉冈不管到哪家店,都不会再像上次那样自惭形秽了!

从那天起已过了两星期,没有任何吉冈的信件来。

蜜每天从工厂回家,心里都紧张的忖度着:吉冈会不会已寄信或明信片来了呢?但又怕心事被阿好看穿,只得故意装作没事人般的;可是在工厂上班时,心里却一直惦记着。工作完毕后要回到进藤家时,想看信的心情使她不由加快脚步,有时甚至像兔子般跑了起来呢!

边喘着气打开后面的玻璃门,眼睛直往平常进藤先生放信的楼梯口看,然而,这两星期来什么也没有。在夕阳余晖中,只有白色的尘埃飘浮着,最后落到楼梯的二、三层上。

(明天一定会寄来的。)她握紧挂在胸前的护身符,在心中对自己说着。(明天一定、一定会寄来的……明天会寄来的。)

然而,蜜昨天也是这样紧握这护身符,做同样的祈祷……

以前那个护身符,是在川越的大师那儿买的,后来不小心弄掉了。蜜的故乡在琦玉县的川越,老早就有的大驿站和商店区,在大战空袭时未被烧毁;因此街道上还看得到土造的旧房子和旧城址,可是她并不想回去那古老的故乡,因为她知道自己不在家,父亲和继母将可以过得更惬意。蜜是父亲前妻所生的唯一的孩子,继母带了三个小孩嫁过来。继母虽然不是什么坏人,可是在蜜幼小的心灵中,早就感受到自己在家将会多少妨碍到新母亲的幸福。蜜无法忍受因自己的存在而造成别人的不幸,每看到有人不幸时,她就会悲伤起来。因此蜜独自到东京来,就这样子一个人工作,这样子一个人过活。

到星期天了。以往的星期天,要是阿好和蜜在一起,两个人吃过午饭就会到经堂商店街后面的"南风座"去。"南风座"是这街上唯一的电影院,看两部日本电影四十日元。用蓝墨水印的宣传册纸质极差,很容易弄脏手。暗暗的馆内常有小孩的哭声,中年人旁若无人地吞云吐雾着,从厕所飘出的阵阵臭味。尽管是如此的脏乱,两人也根本不在意,嘴里嚼着在店里买的鱿鱼干,聚精会神地看着银幕上的画面。其实在还没看电影之前,两人早已从《明星》杂志上知道电影的梗概了。可是对阿好和蜜来说,知道故事的内容,跟实际上边看电影边叹气是两回事。

今天的这个星期天,两人没去南风座,而从经堂搭电车去成城。这是前些日子已计划好的了。

成城里住着许多银幕上的影星。阿好在前一天晚上,拼命地翻看娱乐杂志附录里的电影明星的住址。

"哎呀!田崎润也住在成城呀!连月丘千秋也是。"

像三船敏郎、藤田进等大明星,就有七人住在成城,或许这是因为著名的T摄影棚在附近的关系吧!因此这次阿好邀蜜无论如何也要上成城逛一趟,她想用自己的双眼好好看一下她所崇拜的影星住的地方。

从经堂到成城,搭小田急电车只需八分钟,两人怯生生地下车后,呈现在眼前的是和田园调布①一样的高级住宅区。两

---

① 田园调布:东京知名的高级住宅区。

旁种着樱花树的柏油道路笔直地向前伸展,如同外国市镇一样,尽是些四周种有柏树的西洋建筑。从面向草坪的大门那儿,骑着自行车的外国少年边吹着口哨边骑出来。

"哇……"

"哇!"

阿好和蜜相视一眼,深深地叹了口气,一样是住宅区,经堂和这里完全无法相提并论啊!但现在她们正站在月丘千秋、三船敏郎住着的地方,和他们呼吸着相同的空气——这种真实感油然而生。

于是两人就像头顶红冠的公鸡,昂首阔步地闲逛了一阵子。道路两旁的住家,不少是挂着"约翰"或"丹"等外国人的名牌;从他们家中不时传出牧羊犬的吠声或是唱片声。

蜜心里也想找人问看看,到底哪一户是她们要找的明星的家;可是觉得自己和过往的行人似乎社会阶级都不太一样,也就提不起勇气去问了。午后的阳光照在屋顶和窗户上,光线的颜色好似奶油面包;两人很兴奋地闲逛着,一直到天上的云逐渐变成淡红色为止。

"哎呀!"

阿好叫了一声,蜜吓了一跳。

"怎么了?撕心裂肺的。"

"你看,是秀子的家,这是高峰秀子的家,你不知道吗?"

这是一间很朴素的日式房子,除了有蔷薇缠绕在金色的铁丝网上外,其他地方看不出大牌女明星的那种豪华、时髦;门牌上写着"高峰和平山",作为《明星》杂志迷的两人,早知道平山就是高峰秀子的本姓。

"真的……"

"是真的呀!"

阿好紧张得站得笔直,脸和身体看来都变得僵硬了。高峰秀子的家静悄悄的,看不到半个人影,阿好不知想到什么似的,把身子挨近门旁,用手不断地往里面探。

"你在做什么呀?"

蜜看到阿好打开人家的牛奶箱,拿出还沾有牛奶余汁的白色空瓶子时吃了一惊。

"你别拿呀!被发现了怎么办?"

"你说什么呀!这是高峰秀子今早喝过的空牛奶瓶呀!你不想要吗?我……可是一定要带回去当纪念品的。"

不只是空牛奶瓶,阿好连掉在从玄关通往大门路旁的小石头也捡了。她说,或许高峰秀子曾踩过这些石头。

蜜眼里看着阿好的这些举动,心情极为复杂。不知为什么,对于阿好的举动,蜜以前根本不觉得有什么不对的地方。可是这两星期以来，蜜突然觉得阿好的举动真幼稚。如果现在是两星期之前，或许自己也会和阿好一样，拼命地捡高峰秀子家的小石头当纪念品吧！但是现在不知为何会觉得那种行为很可笑。阿好还是少女，是什么都不懂的少女，只晓得崇拜石滨朗和佐田启二。而自己和吉冈在一起时，已了解到女人的秘密，那件事让蜜感到悲伤，但也使她觉得阿好的行为很幼稚。

"喂！"她对像饿狼般到处找猎物的友人说，"我们走吧！"

两人后来还发现到另一个她们崇拜的明星家，那是喜剧演员岸川明的住宅。这位喜剧演员长得一副孩子脸，擅长歌唱，身体胖得像相扑选手，有时也和高峰秀子一起演电影。这栋豪华的西洋建筑物，一看就像是电影明星的家，庭院中的竹竿上，晒着两人一起睡都绰绰有余的床垫。蜜看出那是双人床用的床垫，可是阿好却笑出声，说：

"哎呀！笑死人了，岸川的床垫那么大，是因他的身体有我们的两三倍大，所以床垫才会那么大啊！"

从成城回到经堂时，已是薄暮时分，灰色的暮霭把商店街的弧形灯光烘托出绿色的光晕。星期天带着孩子到新宿或向丘的游乐园玩耍的父母露出疲倦的脸色，牵着小孩的手从电车上下来。蜜夹在人群当中走出车站时说：

"等一等……"

"你要去哪儿?"

"你不要问嘛!就在这儿等一下行吗?"

蜜丢下阿好跑向商店街。在"佐绘草"西洋服饰店的橱窗里,日光灯照射着排在一起的白色毛皮夹层的夹克和滑雪用的手套。她隔着玻璃注视着右边那件黄色的羊毛衫,叹了口气。

(嗯!还好,还没卖出去!)

感觉上摸起来像棉花似的、软绵绵的这件羊毛衫仍挂在橱窗内,蜜暗暗下定决心:到二十日发薪日为止,非利用晚上的加班费买下它不可。

每个月一到发薪日的下午,六个从业员就拿着印章聚到事务室来。若林先生或是他的太太,就在这儿亲手把茶褐色的薪水袋交给每一个员工。

今天早上蜜比谁都早上班,从开始打扫工厂起,就一直注意着包装室的挂钟。平常都是一眨眼就到中午。四个男性工人中,没带便当的是船田、山内和大贯,蜜负责摆放他们三人和社长的午餐碗盘,平时很快时间就到了,可是今天的时钟似乎走得特别慢。负责准备午餐的社长太太对蜜说:

"蜜啊!今天是怎么搞的?怎么老是往包装室跑呢?"

在发薪的日子,六个从业员的心情总是特别好,平常会对阿好和蜜开些黄色玩笑的年轻员工,今天都边工作边哼着流行歌曲。

吃完午饭后,穿着夹克的社长,马上骑自行车到银行去;没多久他就回来了,额头上流着汗。

"各位同事,发薪水了。"

大家都停止了工作,各自从挂在墙上钉子上的上衣中掏出印章。依年龄和资历深浅,一个接一个进入事务室,从社长手中接过茶褐色薪水袋信封。因此,阿好和蜜就排在最后面。

"我妈妈经常说——"阿好对蜜笑着说,"最后的人最有福分。"

蜜和阿好一进入午后阳光泻入的小事务室里,就看到社长对田口摇着手。

"这是不行的!因为是小工厂,所以把大家当成是自家人,可是,你已预支四次了呀!"

"我当然也尽可能不想向您借,可是……就只这个月……"

田口先生瞟了蜜和阿好一眼,显得很尴尬。

"啊!是你们呀!"

社长似乎不想继续和田口纠缠下去,于是转向两个女孩,"横山好子小姐,还有森田蜜小姐……"

他用粗大的大拇指边翻着工作记录簿边说:

"横山小姐夜班二次,森田小姐十次,好……可不要乱花哟!"

社长从抽屉拿出信封,各加入夜班费。田口先生在地板上吐了一口痰,用脚擦着,没出声。

两人一脚才刚踏出事务室,就一溜烟地跑到包装室去,在那儿偷偷地数薪水袋里的钞票是发薪日一大秘密的乐趣。

"喂……"阿好好像要问什么似的,用舌头弄出声响,"田口先生真是活该,他那个人就算预支到薪水,也只是拿一点点钱回家,其余的一定都拿去打来来①或喝酒。"

"来来"是花札的一种。中午休息时,田口和人一起打来来,蜜也看过好几次;可是现在的蜜已没有心情管这些了。她回忆着这两星期来,每天晚上在寂静的工厂里,在这间包装室中,孤独地边听着晚上的阵阵风声,边用汽油擦着罐子,好不容易才赚到的这一千日元。那件黄色的羊毛衫,马上就是自己的东西了,剩下的钱还可以给吉冈买袜子。

"喂!阿好……"

"……"

"我呀!想溜出去十五分钟后再回来。"

---

① 来来:一种两人玩的花札。花札也称花牌、花斗、花歌留多,是日本纸牌游戏歌留多的一种。

"咦？你去做什么呢？"

"去买东西呀！"

"买什么呢？"

"买好东西！"

蜜脱下工作服，套上木屐，走出室外。一阵寒风迎面吹来卷起经堂的黑土，像小烟柱似的在工厂的周围吹袭着，也把后头的杂树林吹得呼呼作响。门旁站着田口先生和一个歪着肩、背着婴儿手里还牵着小孩的女人，不知在谈些什么。风把他们的谈话声断断续续地传送到蜜的耳中。

"人家已经说不行了，你还啰唆什么？"田口先生用脚踢着地面，怒吼着。

"……可是……孩子他爸……"

女人是田口先生的太太。

"又不只是我的错。你还不回去？"

蜜觉得站着偷听别人的谈话不太好，于是躲到玻璃门后。不久，听到木屐声，是田口先生回来了。他往地上吐了口痰，喃喃自语：

"女人呀！实在啰唆……"

田口先生进入厕所后，传出了小便的声音。

蜜悄悄地关上玻璃门，小跑步到大门口，看到田口太太仍然憔悴地站在那儿。她背上背着婴儿,手上还牵着那个七八岁左右的男孩,任凭寒风吹着。

"你好!"

蜜向她投以微笑。

"你好……你这是上哪儿去?"

"到商店街去买点东西。随便买点。"

"真好呀!我们可没钱买东西……"田口太太边哄着背上的婴儿,又开始发起牢骚,"你爸爸呀!即使发薪日也……"

田口先生薪水有一半是在打花札和喝酒上花掉的。他太太说:明天孩子要缴三个月的伙食费给学校,虽然只是这么一点钱,他也拿不出来,而书包到现在也还没买呢!自从我兼了差之后,他爸爸就借口我有收入变本加厉,我真想把那差事辞掉算了。可是,不做又不行……

田口太太的牢骚和他先生一样啰唆,背后的婴儿不乖时,她就摇一摇身体。手上牵着的男孩,则嘴巴张得大大的呆望着蜜,在那血色不佳的嘴唇旁边,长着一颗东西。

"真是不容易啊!"蜜敷衍着笑了一下,"那,我先走了。"

蜜找到适当时机,赶快把话题切断低着头走开了。工厂旁边围起来的空地之间,有一条捷径,从这儿穿过去就是商店街了。蜜心里想着,得赶快去把那件羊毛衫买到手。

"妈妈,我们回去吧!走吧……"

背后响起小孩纠缠他妈妈的声音,还有婴儿的哭声。

"走吧!走吧!"

"你真讨厌啊!"

风把灰尘吹入蜜的眼里,吹过蜜的心田,也带来了另一种声音。那是婴儿的哭声、男孩缠人的声音、妈妈斥责男孩的声音。和吉冈去的涩谷的旅馆、潮湿的棉被以及斜坡上无精打采的女人。雨。有一张疲倦的脸,一直悲伤地注视着这些人的人生,对蜜轻声说:

(喂!你能不能回头?……用你身上的钱,去帮助那个小孩和他妈妈吧!)

(可是,)蜜拼命地抗拒那声音的请求。(可是,这是我每天晚上辛苦工作的酬劳,是我拼命工作才得到的。)

(我知道!)那声音悲伤地说。(知道你是多么希望拥有羊毛衫,也知道你是多么拼命地工作,这些我都非常了解。所以我才请求你,希望你能把准备用来买羊毛衫的一千日元,拿来帮助那个孩子和那个母亲呀!)

(不!这应该是田口先生的责任呀!)

(可是,还有比责任更重要的东西呀!在人生的道路上,要把自己的悲伤和别人的悲伤联结在一起,我的十字架是因此才有的。)

蜜不太了解最后那句话的意义。不过,在寒风吹拂中,想起小孩嘴角那凸出的红肿物使她感到心痛。要是有人遭遇不幸,她都会感到悲伤;世上有人难过,她也同样会感到悲伤。逐渐地,那红肿物令她感到难以忍受……

风把灰尘吹入蜜的眼里、吹过蜜的心田。她边揉着眼睛,边回过头来。

"太太——"

田口太太和小孩讶异地盯着折回来的蜜。

"太太,我这些钱借给你。"

蜜把紧握在手中的一千日元钞票,交给了田口太太;蒜头鼻下现出了像是破泣而笑的微笑,她很认真地说:

"不过,可要对田口先生保密呀!"

突然,她感到手腕一阵疼痛。大约半年前的某天,手腕上突然长出如铜币大小的黑褐色斑点,那斑点像肿起物似的微微凸起。平常是不痛不痒的,但是前一阵子,被吉冈抱在怀里时,虽然只是一瞬间,却感到像是被火灼伤似的疼痛。

已经半个多月了,吉冈连封信或明信片也没寄来,是不是生病了?要是生病了,是不是没让医生看,就一直躺在床上……蜜开始担心了。尽管他语气很强硬地说过不能去宿舍看他。可是他要是生病了,我不去照顾他怎么行呢?

因此,在晴朗的星期六下午,蜜仍然穿着那件柿子色的旧毛衣走出宿舍。

走到"佐绘草"西洋服饰店前时,蜜特意移开目光快步走了过去。然而,那件一直想买最后却没买成的,如棉花般软绵绵的羊毛衫的样子,已经深烙在她的脑海里了。

(没办法呀……没办法的。)

打从孩提时代起,蜜就已经习惯了"放弃";对于命运,她从不反抗,完全地接受。

吉冈第一次寄来的信,信封背后有他的地址,蜜一直小心翼翼地保存着。今天,她把那封信折得小小的,放入毛线衣的口袋里,偷偷看了事务室里的东京都地图,知道到吉冈那儿要在国营电车的"御茶水"站下车。

蜜坐上新宿转开往小田急的国营电车,大约二十分钟后在御茶水车站下车,她把信封上的地址给验票的站务员看。

星期六骏河台的斜坡上,有初冬少有的温暖阳光照射着。道路两旁的书店和咖啡厅里,戴着角帽的大学生和夹着皮包的年轻女孩出入其间。蜜东张西望地看那些店和大学生,心想或许吉冈会在人群当中吧!

站务员告诉她,在骏河台下行的电车道前岔路左转,但蜜还是慎重地又向附近的香烟店和卖学生皮带扣的商店打听了两三次,很快地就找到了目的地的宿舍。门上的玻璃破了个小洞,还是用撕下的报纸糊上去的,蜜推开那扇门,却意外地发出很大的声响。白色的阳光,寂寞地落在玄关和寂静的走廊上,沾满泥土的军鞋和歪了底的短筒靴,零乱地摆在玄关上。这公寓里所有的东西,看来都有点脏兮兮的。

"请问有人在吗?"

蜜出声问着。

"是谁呀?"

里面传出中年女性的声音。一个头上包着毛巾的阿姨,不知是否正在打扫,手里拿着簸箕,表情极为讶异地问道:

"有什么事?"

"我是来找吉冈先生的。"

"吉冈先生?"阿姨把蜜从头到脚打量了一番后问,"你是吉冈的朋友吗?"

"他不在吗?"

"是呀!也不知搬到哪儿去了。我看他是故意躲起来的,最后一个月的房租和电费也没给,榻榻米上还烧了大窟窿就溜掉了,真是要不得!"

"吉冈先生搬到哪里去了?"

"我也正想问呢。我没跟他拿保证金就租给他,结果竟然是这样子……最近的学生不像以前的学生了,一点也不可爱……脸皮变得好厚,什么都不在乎!"

蜜看打听不出什么眉目来,就离开了那栋公寓。她擦着蒜头鼻上的汗珠,再次爬上骏河台的斜坡;斜坡上和刚才一样,有帽缘用油擦得亮亮的学生们在这儿闲逛着。

"喂!今天晚上不打麻将吗?"

有个学生向同伴问着。

"不打,还是打台球的好!"

看到学生那种吊儿郎当的样子,蜜不自觉地想起了吉冈说话的口气。走过书店时,目光又朝店里搜索着,心想说不定吉冈就在店里;经过咖啡厅前,从玻璃门望进去,里面的情形一览无遗,当然也看不到吉冈的影子。天色渐渐暗了,御茶水车站对面的天空,变成了淡红色;车站的售票口前,购票的旅客排成一列列的队伍;骑着自行车的少年,把一捆晚报丢在报摊上就扬长而去了。蜜心想:在检票口等等看,说不定会碰到吉冈呀!因此,她没有马上买回经堂的车票,只是惆怅地、傻傻地站着,惆怅地、傻傻地站着……

我的手记(四)

森田蜜的影子,从我心中消失了。她现在在哪里?在做什么?我根本没兴趣。两次约会的情景在印象中已经极为模糊,几乎想都想不起来了。在我的记忆中,她的影子如同逐渐消失于水平线彼方的船一般,变成了细线、变成了小点,最后消失不见了。我想她和我的人生是没有任何关联的,而今后也不会有什么瓜葛。

话虽这么说,其实我也曾经有两次突然想起她。就像云彩突然投影在冬日寂寥的山上一样,她的影子突然掠过我心中。

那是第二年的春天。监视广告气球是我当时的打工内容,工作说来并不难。在屋顶上边晒太阳,边监视吊着广告的气球不要让它被风吹走。我整天就做着这样的工作。

从屋顶上可以看到东京宽阔的街道。在黄昏的地平线附近的夕阳,如同红色的玻璃球,还带着少许褐色的阴影,正缓缓地下沉。奔驰在路上的汽车和电车所发出的嘈杂声,从屋顶上听来令人感到好忧郁;在邻栋大楼窗中走动的人影变得好小好小,还有火柴盒般的房子排成好几列;哀伤、模糊的都市往更远处一直延伸,那里有无数的人家,住着无数的人。这时,我突然警觉到那些人——他们每一个人都有着和我一样的人生。

靠在有点冰凉的扶手上,我茫然地自言自语:"在这街上,有着许多的人生,有着各色各样的人生,大家都在这儿生活着,有喜悦,也有痛苦!"

就在这一瞬间,眼前突然浮现出蜜的脸。我想:在这灰色的暮霭和烟雾笼罩下的都市里,她现在在哪里?正在做什么呢?

其实,那念头也只是一闪而过罢了。如同碎布屑突然浮上水面,转瞬间又被吸入深深的水底一般,这不像是我该有的感伤也马上消失了。

此外,还有一次想到她。在宿舍附近的理发店里,等着要理发时,无意中看到椅子上的旧杂志和周刊中,有一本娱乐杂志《明星》。

为了打发时间,我随手翻看那本封面已破损的杂志,视线无意中落到"人生顾问栏"——这是一些傻女孩写信来问有关家庭、就业及恋爱的问题的栏目,那上面有一则内容和我的情形极为相似。

已记不得准确的内容了,反正大意是:女孩认识了一位大学生的笔友,见过两三次面献上她的贞操后,那个大学生就从此避不见面了。

当然,上面没写着森田蜜的名字,或许不是她吧!可是,我和她之间的关系,竟然和这一则读者投稿这么类似,自然而然地就联想到她了。

负责解答的女士,回答得极为冠冕堂皇,大意是:那个大学生没有资格爱女孩,要早一天忘掉那种不负责任的男孩,重新过新的生活。

我从摊开在膝盖上的杂志中抬起头来。理发店的老板,在午后催人打瞌睡的阳光中移动着剪刀;顽皮的小孩在火炉上烤着沾了酱油的糯米糕。

(不负责任的男人呀!没有被爱的资格!)

我对负责解答的女士感到有点憎恨和抗议:呸!你是什么东西?脸长得像脚底板一样丑死了,而声音又沙哑难听,高高在上地、好像多了不起似的评论别人的人生。净说些医不好又毒不死人的歪道理,就像制作"今川烧①"的阿姨一样,随

---

① 今川烧:又称车轮饼,是一种日本传统点心。江户时代中期在今川桥附近的店铺出售而得名。

意对读者的烦恼说些公式性的教训,到底谁才是真正不负责任的人呢?

"哎呀!这位先生,这世界就是这样子的!"

理发店的老板不知正和客人谈些什么。

"大家差不多都一样的!"

我把杂志丢在椅子上。我想起蜜的次数就只有这两次而已。

时间又过了一年。全靠金先生的帮忙,每当我手头拮据的时候,总会有些奇奇怪怪的兼差机会给我,因此,虽然有些波折,总算大学毕业了。那是壬午兵变发生的那一年,私立大学普遍财政困难,因此大量地招收学生,还让学生们轻松地毕业;在这种情况下,很少到学校上课,而且成绩又不好的长岛繁男和我,也因此勉强过关了。手里拿着毕业证书,大步踏出校门。

"喂,臭小子,好好干呀!"

"喂,臭小子,你也一样呀!"

长岛和我在御茶水的斜坡路上握手道别。俗话中用"吃同一锅饭"来形容两人的交情很深,而我和长岛交情之深,不用穿同一条内裤是形容不出的。投入社会的人海之后,彼此不知会变成怎样。至少我和长岛都希望大家以后能够不愁没钱用,也不愁没有女人。

很幸运地,因壬午兵变军需用品市场的景气特别好,我和长岛很快都找到了工作。当然,我们不是东大毕业生,是进不了一流银行或物产商的;不过,我们一开始就没把目标摆得那么高。

我的第一个工作是位在日本桥的一家钉问屋①里当职员。公司的职员除了社长清水先生、两位经理吉村先生和片冈先生之外,全部不过二十人。可是因为包办了整个大手町的一流制钉公司的产品,目前的景气和将来的发展性都被看好,而我自己也看上了这一点。

(宁为鸡首,不为牛后!)

在寄回家的信里,我自傲地写上学生时代学过的这句话。好不容易脱离了长久以来的打工生活,觉得光明似乎已经来临了。

而且……在二十位职员当中,大学毕业的没几位;尤其是在新职员中,就只有我一个人是大学毕业的。从进公司的第一天开始,我就察觉到其他五个女职员以憧憬的眼光看着我,让我感到飘飘然……

(我一定要成为鸡首!)

---

① 问屋:由镰仓时代开始的"问丸"演变而来,是负责运送、仓贮、委托售卖的组织。"钉问屋"即是专门从事铁钉相关生意的中盘商。

我心想：与其在大牛屁股后面，换句话说在一流公司当个小职员，还不如在小鸡前头，比较容易出头。在去公司的地铁里，我常在心里描绘着十年、十五年后自己的样子，嘴角常常不由得露出微笑来。经理级的吉村先生和片冈先生的座椅就跟我们不一样，是大旋转椅，桌上摆着一块经常擦得光可鉴人的玻璃垫，另外还有一台专用电话。而且每天早上两人一进入公司，二十个职员就恭恭敬敬地鞠躬说：

"您早！"

紧接着名叫平山的女孩，马上就把茶端过来了。我心想，十五年后我一定要爬到那个位子。

（可是，要怎么样做才能爬到那个位子呢？）

从公司下班后，我在旧书店买了四五本《成功的秘诀》《你也可以出人头地》之类的书，可是每一本所说的都是些让人摸不着头绪的话。其中有一本名叫《信念的魔术》是从英文翻译过来的，作者说：只要每天对着镜子，反复地说出自己的愿望，就会变成像自我催眠似的，产生使愿望实现的不可思议的力量来。

只要能出人头地，管他是什么傻事，我都愿意试试看。

在中午休息时间，其他的人都到外面散步去了，办公室里空荡荡的，只有我一人。于是我走进洗手间，按照书上教的方

法,对着镜子注视着自己的脸,对自己说:

"我会出人头地的,一定会出人头地的。"

映在镜子里的自己,就像便秘时那样子,说有多难看就有多难看。可是,我的态度是很认真的。

是的!那一天当办公室看不到其他的半个人影时,我想应该是没有人留下。于是我又走进洗手间,站在镜子前面大声说:

"我会出人头地的,一定会出人头地的。"

我刚觉得后面似乎有人时,眼前的镜子里除了自己外,还出现了另一张脸——一个年轻女孩的脸。

"哎呀!"

那个女孩比我更觉得难堪。她名叫三浦真理子,比我早一年进入公司,是社长清水先生的侄女。因此,经理们除非是公事,否则也都以"大小姐"称呼她。

"我还以为是小偷呢!"

"真不好意思!"

"对不起!"她好像觉得很好玩似的笑了,"我散完步自己一个人回来时,听到办公室里面好像有奇怪的声音,心里有点怕怕的,本来还想找个人一起进来看看呢!"

之后,她拿起洗手台上的杯子喝水。手里拿着杯子,眼睛却觉得很奇怪地注视着我的脸。

"吉冈先生,您真是个怪人。"

"怎么说呢?"

"不跟大家在一起,却一个人躲在洗手间里自言自语。"

啊!好漂亮的眼睛,黑溜溜的像水晶,还发出亮光呢!她喝完水之后,嘴唇被水沾湿了,水滴还流到洁白的颈子里。

可是,那时我心里想着别的事,不知为什么,我想起了以前吃杂烩时长岛告诉我的摘葡萄的女孩的故事。在听故事的那时候,我就已经下定决心,将来一定要找个那样子的女孩。

这时除了渴望的心情之外,还有另一种心情涌上来,那是功利的、狡猾的心情。

这个女孩是社长的亲戚,喜欢上她一定不会吃亏的,至少让她留下好的印象,以后肯定会有好处。

"没办法呀!我是新职员,有很多事要做要学。首先,要学打算盘。我呀!打从出娘胎之后到现在,就没碰过算盘。现在,每天晚上都做梦,都梦见长着脚的算盘在后面追赶我呢。"

"真的?"真理子又哧哧地笑了,"我常看你手里拿着算盘在叹气,你们大学生也拿它没办法啊!"

"你——"突然,我换上一副正经的脸,"能不能教我呢?

你算盘打得很好呀!"

"可是……"

"可是什么?好吧!黑格尔说过:前辈教晚辈是爱的义务。"

到现在我还很清楚地记得她那时候的表情:头垂得低低的,用手指玩弄着手上的杯子,以羞涩的眼光瞄我。那模样真是太可爱了!跟森田蜜那种愚笨地傻笑的样子,形成了强烈的美丑的对比。

办公室附近的一家咖啡厅就是我们两人的教室。她倒是很忠实地遵从着黑格尔所说的"前辈教晚辈是爱的义务"这句话,而我当然也是个认真的好学生了!因为,第一,要是大学生连算盘都不会打,一定会被初中或高中毕业的同事们瞧不起;再说,感受到她喜欢我的心情,也是促使我努力的动力。

"您真有天赋啊!"

"是真的吗?"

"您现在已经打得比我还好了呀!"

"没有这回事。不过,我倒是知道不管再怎么懒的动物,只要有高明的调教师,一定可以被调教出高水准的演出。"

除了在这家咖啡厅里上课之外,在办公室里,我尽量避免和真理子有亲昵的举动。因为,要是让同时进入公司的同事们传出我在纠缠社长侄女的闲言闲语,对我是很不利的。

眼看着自己教的年轻新职员算盘越打越好,对负责教学的女性来说也一定是很高兴的。

"哇!吉冈先生最近打算盘可是突飞猛进呀!"

有一天,吉村经理从对面的桌子向我说。

"哪里,哪里,还差得远呢!"

我边回答边往真理子的座位瞧,只见她停下正写着字的手,脸上和嘴角浮现出胜利的微笑来。

(有希望了!)

不知为什么,在那一瞬间,我突然这么觉得。

这是我们两人的"秘密授课",讲"秘密"是夸张了点。她没把在咖啡厅上课的事向别人提过,我倒觉得这是出自对我的善意。至少,如果有一天社长问她:"新职员怎么样?"

我知道她是绝不会说我坏话的,而且,还会帮自己的学生说好话的。

(看来很有希望了!)

金先生曾说过,为了要获得女孩子的青睐,让对方留下强烈的印象,即使是"大便"等脏话也不必避讳。可是我发现即使不使用那些不雅的字眼、令人难堪的手段,也还有从心理着手,高尚的进攻方法呀!

总之,我越喜欢真理子,越觉得以前和我有过一次关系的森田蜜变得更遥远、更虚无缥缈。或许还称不上是"存在"呢!那时我根本不了解:在我们的人生当中,对他人所做的任何行为,都不可能像冰块在太阳底下溶解般完全消失无踪的;即使我们远离对方,或根本忘记了对方,可是我们的行为,在内心深处一定会留下痕迹的。

不过,我也不认为自己比一般的男人更心黑、更狡猾。我在蜜身上所做的事,只要是男人,形式上纵使有所不同,大抵上也会干过一两次吧!而我喜欢三浦真理子,希望从她那儿获得社长的赏识、提拔,这种现实的功利的想法,只要是上班族,是谁都能够理解、接受的。

总之,我不认为自己是品格高尚的男人,但也并不是很坏的人。我不过是住在东京的无数上班族中的一个人罢了,只希望过着无波无浪的平凡人生。

因此——

因此,即使是想接近三浦真理子这件事,除了有想利用她使自己高升的心理之外,我是真心喜欢她。她那洁白的喉头像沾了水似的发亮,还有偷瞄我笑的纯真的脸,都让我觉得真是漂亮极了!

我进入公司的两个月后,公司举办员工旅行。这是社长清水先生提议的,目的是想让新旧同事拉近关系,增进对彼此的了解,地点选定在树木环绕的富士五湖之一——山中湖。

那一天是星期六,我们先搭火车到御殿场,再从御殿场转搭公司租来的观光巴士。车子驶过被六月阳光照得片片叶子闪闪发亮的高原时,二十位同事根本无心欣赏车外的风光,只顾彼此交换着点心,或合唱少数几首歌曲。两年前进入公司的佐山先生口琴吹得很好,替大家伴奏着。

"喂,喂,你看!吉冈先生和真理子小姐两人可是好亲热呀!"

"在火车上,还有巴士里,两人一直都形影不离!"

被大家这么起哄,真理子小姐的脸上又现出那种既害羞又高兴的微笑来了。

"讨厌!我们根本没什么呀!"

事实上,从东京到山中湖,我们一直都坐在一起。在公司里我尽量避免对她做出亲昵的举止,可是像今天这种场合,连我自己都疏忽了。不过,大家的捉弄和嘲笑,并不含恶意,所以我也不在意。

"到这家公司之前,你曾在哪儿工作过呢?"

我嘴里嚼着她给我的焦糖牛奶糖,欣赏着车外两旁起伏不定的树林和白色叶子在六月风里发出的亮光,若无其事地问着。

"是在乡下你父亲那儿?"

"不是。"她的回答令我感到意外。"我曾在经堂的制药工厂帮忙过一阵子,那是一家很小的工厂,没做多久我就辞掉了。"

在经堂,又是制药工厂,我好像曾经听说过……是什么时候?……啊!对了!我想起来了!蜜工作的地方,不也是这个地方吗?

"制药?"我的声音突然变得沙哑。"是制药的工厂?"

"是呀!那家工厂本来以制造肥皂起家的,后来又成立了制药部门。"

"那里……有没有一位叫……森田蜜的女孩?"

"哎呀!有呀!是从川越乡下来的女孩子吧!吉冈先生您认识她?"

"不,我……不认识她。"我慌忙地结束话题,"是朋友认识的。"

还好,那时她没有注意到我脸上的变化,要是真被她发现了,或许我也会以晕车、阳光太刺眼的借口而搪塞过去吧!

车外终于可以看到碧湖了,还有环湖的落叶松,黄色或红色屋顶的别墅,还有并列在湖畔的旅馆。女同事们高兴地喊叫着,争先恐后地下了车。

虽然距离夏天还有一个多月,但是已有很多家纪念品商店和饮食店开张了。

"去买底片!"

"我要喝果汁。"

湖上有像是驻日美军的一家人,穿着泳衣,坐在摩托艇上。小艇前头激起两股蓝色的水浪,小艇笔直地往前冲去。

"我好喜欢那种英勇的雄姿。"

真理子站在湖波轻拍的湖岸上自言自语着,系在头发上的丝巾在从湖中吹来的微风中飘荡着。

"吉冈先生,您平常运动吗?"

"我会骑马。"

其实我根本没骑过马,只是虚荣心作祟才这么回答。

"骑马?哇!您会骑马?"

"嗯……是啊。"

"好棒啊!骑给我看看好吗?那边有马出租呢!"

我话刚一出口,就知道说错了,正想把话收回来时,已经太慢了。在前头纪念品商店的后面,有三四匹马被拴在一起,旁边还有几个当地农夫正抽着烟。

真理子站起来,走了过去,我在心里嘀咕着:事到如今,也没办法了,船到桥头自然直吧!反正是农家的劣马,又不是什么野马。不过,由于患过小儿麻痹的关系,我的手腕不太灵活,心里还是有点不安的。

不出我所料的,每一匹马都是又老又瘦,一根根的骨头突起,眼里还有一大堆的眼屎,身旁还有马蝇飞舞着。

两人走近租马的地方,同事们远远地笑着看着我们。我心里想:好呀!本来是不希望引人注目的。不过,既然事已至此,就好好表现一番让大家瞧瞧!

农夫看到我紧抱着马单脚抬起笨拙的样子,都哧哧地笑出了声;而马也好像疑惑似的眨眨眼睛,抖动着身子,似乎想把身上的累赘物抖落下来。

"你是第一次骑马吧?"农夫有点瞧不起人地说。

"开什么玩笑?谁是第一次骑马!"

"好,既然不是第一次,那就不用我们帮忙了。"

在真理子面前,我不得不这么回答。其实是生平第一次骑马,以前根本不知道马的身体竟然这么庞大,两条腿中间就好像夹了一张灰色的大桌子一样。

"驾!"

农夫轻轻地拍拍马屁股,马很吃力地移动脚步,看起来真的是老了。

"吉冈先生,加油!"

女同事们拍手叫着。

"呸! 还得意扬扬的。"

男同事们用带着几分嫉妒的眼神,从下往上看着我,马缓缓地经过他们身旁,我微笑着。

没什么了不起的,我放心了。这匹马不会发狂,也不会直立起来的。我挺胸,手抓紧缰绳,再挺胸!

我回过头来看,真理子正对着我微笑。她露出洁白的牙齿,背后是银色阳光照射下的碧湖。

一直走动的马匹突然停下不走了,低着头一动也不动,还不只是不动而已,竟然吃起地面上的青草来了。

"驾!驾!"

我摇晃着身体,用脚轻踢它的腹部。可是,它根本不理我的"信号",嘴巴仍然嚼着青草。

"怎么了?吉冈先生!"

"叫它走呀!"

我心里好急,汗都流出来了,于是在大家面前狠狠地拍了一下它的屁股。这一次,它似乎不耐我的啰唆,摇摇头后,虽然嘴里还是嚼着青草,总算移动脚步了。

我又一次回过头来,对着真理子笑。站在银色阳光照耀的碧湖前的她,露出几分不安的表情,远远地看着我。天空是六月的蓝。

马又停下了,这次是用长尾巴赶身上的马蝇,马蝇也在我流了汗的脸旁飞绕着。

"怎么搞的?根本不会骑嘛!"

"马很了解骑士的本领的,它瞧不起差劲的人,干脆动也不动了。"

诸如此类的讽刺的话,传入了我的耳朵。

(畜生!你给我走着瞧!这次让你跑得"马不停蹄"!)

于是我用拳头狠狠地打在马屁股上,马痛得嘶嘶叫直跺脚,马蹄"踢踏踢踏"地发出声响,身体转向被晒得发烫的白色斜坡。

我再一次回过头来对着真理子笑。站在阳光耀眼的碧湖前的她,表情僵硬地看着我。

马又停下了。钝重的声音自脚下响起,它是在撒尿。过了五秒、十秒,还继续着,原来马小便是这样子——钝重的声音还在脚下响着,宛如会持续到世界末日。

"哈哈哈!真不能看,骑小便马。"

"哎呀!连大便都要出来了!"

这是真的！马也不管三七二十一,用大屁股对着公司的女同事们,尾巴往上一翘,圆形的马粪"啪嗒！啪嗒！"地掉下来了。我的脚下和背上全是臭味,感觉好像自己在众目睽睽下大小便失禁似的,真是让人无地自容。

真是受不了,于是我从马背上爬了下来。这匹获得自由的笨马也真现实,我一下来它自己就"嗒嗒"地跑回主人的地方去了。

女同事们不好意思地转过脸去偷偷地笑着,男同事们拍拍我的肩膀,趁机讥笑了我一番。

湖畔不见了真理子的影子。她是否不敢正眼看我？

虽然如此,这次的出丑对我来说并非只有损失。在这之前,有部分同事因为我是大学毕业生的关系,对我有点敬而远之,现在反而对我产生了亲近感。而真理子对垂头丧气的我,也产生了类似母爱的感情。中午吃饭时,还有后来坐在车子里时,她不但为我辩护,还用抱歉的眼光看着我。

傍晚,我们从山中湖坐巴士踏上归途。大伙儿觉得要是走原来的路线回去没什么意思。因此,我们的车子绕了些路,经过御殿场街道。

黄昏时刻,火红的太阳在田地上、树林里,以及所经过的村落里,投射出豪华奢侈的光线。我们饱览了被阳光染成紫色的富士山的风采!

"真对不起呀!"

真理子靠在我的身上小声地说。

"什么事?"

"我要您骑马给我看……"

"没什么,猴子也有从树上掉下来的时候。"

我觉得自己好幸福。我已经向流浪汉似的学生生活,吃杂烩、明太鱼的日子,还有向金先生要打工机会,散发榎木建一的传单的那些日子挥手告别了。而且,我现在已是个有野心的男人,想要成为鸡首!

(长岛那家伙,是否也过着幸福的日子?我要出人头地,我一定会出人头地的!)

在黄昏的云层下,树林中有几排像军营似的并排的木造建筑物;很奇怪的是那一带连一户农家也没有,只有那排孤零零的建筑物。我心里猜测着是军营的遗址。如果说那是军营的话,其中却也有不相符的异国风情的房子。

"那是什么?是学校吗?"

和我一样也注意到这些建筑物的大野先生,向观光巴士的乘务员小姐问着。

"哪个呢?"

"那个孤零零的鱼板样的军营。"

"哦!"观光巴士的乘务员小姐点点头。"那是麻风医院呀!"

"麻风医院?"大野先生吓了一跳,"是传染病医院吗?"

"是的。"

"不行!赶紧把窗户关上,赶快!要是让细菌跑进来就糟糕了!"

大家都笑了!然而,真的就有神经质的同事,把窗户给关上了。

把麻风医院单独盖在树林里,而且这一带连一户农家都看不到,难道是真的怕传染到周围吗?在黄昏的灰色云层下,田地和看来阴郁且孤单的建筑物,似乎都笼罩着一种无可言喻的悲伤和阴影。

"应该把麻风病人——"我若无其事的嘀咕着,"放在哪儿的离岛上,让他们断子绝孙。"

"吉冈先生,您是说真的?"

靠在我身上的真理子,突然坐直起来,注视着我的眼睛。

"哦!是呀!这也不是什么坏主意呀!"

"吉冈先生,没想到您也有冷酷的一面。您不觉得那些病人很可怜吗?"

两人之间出现了一阵子的"不和谐"的沉默。

不过,那也只是一下子而已,因为我们很快就看到御殿场的灯光了。本来嘛!麻风病人和我们有什么关系?那些人和我是毫无关系的存在,就为该不该同情他们而吵嘴,那真是太傻了。

到达御殿场时,真理子的心情似乎好转了,我跟她开玩笑,她用手捂着嘴笑。

回到东京后大家挥手道别。女同事们各自回家去,只有单身的男同事们,似乎还意犹未尽的样子。

"我好想去洗个澡!"

"对,我们去肥皂乐园①吧!"

不知是谁提议的,最后我们决定到那时新兴的肥皂乐园去,洗掉今天的疲倦;其实大家心里还掺杂着对半裸的女郎替自己擦背的期待心理。

就在肥皂乐园里,我碰见了已被我忘掉两年的森田蜜!

---

① 肥皂乐园:英语Soapland,也译作"泡泡乐园",是日本风俗店的一种。曾叫作"土耳其浴室",后来由于遭到抗议而改为"肥皂乐园"。

我的手记(五)

这家店是在靠近新宿歌舞伎町的地方,铺着瓷砖的建筑物屋顶上,红色霓虹灯闪烁着,我从老远就看到了。皮条客所指的入口处,是相当高的楼梯,空荡荡的楼梯上,站着两个系着领结的男子,双手交叉在胸前。

"欢迎光临!"

我们一伙人喧嚷着在入口前停下脚步,两个男子虽然也像旅馆的服务员对我们弯腰鞠躬,可是,态度里却隐含着瞧不起人的味道。

"请问四位是要入浴吗?"

其中的一位拿起桌上的话筒。

"有四位客人,请准备!"

他讲的是奇怪的英语。

"是!"

有声音从里面传出后,小姐们很快就出来迎接了。每一个都穿着脏脏的短裤,披着上衣,那种打扮乍看之下还以为是药剂师呢!而且每一个都是矮矮胖胖的,看来好像螃蟹;脸像螃蟹,身体也是向横的发展,看来跟螃蟹真的是一模一样。

"戴眼镜的先生是右边的浴室,高个子先生是这边……这位老兄是这间。"

她们马上为我们取了绰号,把我们分配到排列在长走廊两旁的几间浴室里。

有人抱怨说:

"拿绰号称呼我们,好像是'赤线①'一样!"

马上有小姐应声:

"啊!太失礼了,我们这里可不是那种地方呀!是很安全的,很安全的。"

小姐笑着拍拍他的肩膀。看她们涂得浓厚的口红,难看的走路样子,也难怪会让人联想到在歌舞伎町"赤线"上班的小姐。

一个微胖的小姐把我带到左边的浴室。浴室里隔成两个房间,一间是用来脱衣和按摩的,另一间有小小的蒸汽浴缸和

---

① 赤线:日本1958年之前政府默认的进行卖春行为的地区。管辖该区域的警察局会用红线在地图上将其标出,所以被称为"赤线"或"赤线地区"。

白色瓷砖的西式浴缸。

小姐很快脱掉上衣,挂在墙壁上。

"这位先生,您用蒸汽浴缸吗?"

我边解下领带,边瞪着身上只穿着胸罩和短裤的半裸的她看。

"讨厌!怎么一直盯着人家看!"

她故意装出娇嗔的声音,其实我哪里是因为她的身材漂亮才看她的!那又短又粗的腿,还有像水桶似的腰部,一看就知道是哪儿的乡下姑娘。而露在短裤外面的大腿上,还有被虫咬过的红色小斑点!

我曾见过和她一样的身体,而且还不只是看过,在厌恶和性欲混合的心情下还抱过那个身体呢!对了!那是蜜的身体,是和森田蜜一样的肉体。这类女人的共同特征是:萝卜腿、肥胖的胴体和对人傻傻的痴笑。

"讨厌!不要再犹豫了,快点进去吧!"

我被赶入四角形的金属浴缸中,只有头部露在外面,这是用缸中的蒸气"蒸"身体的浴缸。

"这里三教九流的人都来吧?"

"是呀!有像您一样的上班族,也有老头子……不过年轻的倒是很少见,还是中年男人比较多。"

由于蒸气的关系,我的脸上流了很多汗时,她就用毛巾细心地擦着我的额头和脸颊。

"中年男人会毛手毛脚吗?"

我的脸向左右扭转时突然问她这个问题。

"会不会做些奇怪的事?"

小姐笑出声来,和蜜总是发出傻傻的痴笑声一样。

"人家不知道!"

"告诉我,他们都做些什么?快跟我说!"

"我不知道呀!"

从她那狡猾的笑容中,让人感觉她似乎早已习惯了中年男人的骚扰,可以若无其事地接受对方的要求。好!既然这样,我也想试一次看看。可是,现在我的身体和手脚密封在蒸气浴缸中,只有头部能转动,手脚却伸不出来,这样子不就像是个达摩不倒翁吗?

伊豆的山呀!山啊!
太阳已落下

小姐用毛巾擦拭我的脸,哼起流行歌曲来。

"这是谁唱的?"

"是冈晴夫唱的。"

"嗯！不错,是他唱的。"

我发现她颈上挂着廉价的细小链子,链子的前端似乎挂着什么。不过因为是藏在胸罩里看不到。

我从蒸气缸出来,到瓷砖的西洋浴缸里,然后再回到脱衣室,趴在床铺上享受按摩。小姐先在自己的手掌上抹上白色的粉末,然后拼命地用力推压着,从颈子到肩膀,从肩膀到背部。

"喂！告诉我吧！"

"什么事呢？"

"我刚才不是问过了吗？那些中年男人在这里都做些什么呢？"

我伸出右手用手指抚摸她的肩膀。

"是这样子,然后慢慢地得寸进尺吗？"

"讨厌！"

"喂,可以吧？"

"我要大声叫了！"

我抚摸她肩膀的食指,突然碰到了她身上的链子,看到胸罩里链子的前端系着的似乎是个灰色的金属物。

"你戴着什么？是装有男朋友照片的金属盒？"

"不是呀!"

我吞了一下口水。事实上,链子前端系着的既不是金属盒,也不是什么纪念章,是个又小又脏的十字架。那是森田蜜的十字架!

在那个涩谷的晚上,蜜像小狗一样跟在发怒了的我的后面,一路上不断地讨好我。在车站前看到寒风中像稻草人般的老头子时,她那老好人的本性又露了出来,居然一口气买了三个廉价的十字架,还把其中的一个给了我。

那晚上的情景,像走马灯似的又浮现在我的心头。我还记得自己把她给的十字架,丢到被香烟、稻草屑和醉客吐的秽物弄脏了的水沟里。而现在和这一模一样的十字架,怎么会挂在眼前这个泡泡乐园的小姐胸前?那被充满情欲的中年男人,用手指抚摸过的胸前?

"喂!你这是在哪里买的?"

"好吓人,您怎么突然这么大声起来。"

"是在哪里买的?"

"是人家送给我的。"

"是谁?"

"是一位朋友。一个曾经在这儿上过班的朋友。"

听她的口音,就知道是从乡下来的。

"你那位朋友叫什么名字呢?"

"叫蜜。您为什么问这个？您认识蜜?"

"……是叫森田蜜吧?!"

"那您……就是吉冈先生了?"

小姐按摩的那只手停了下来,注视着我;刚才那种轻浮的表情完全消失了,代之而起的是乡下姑娘的羞怯表情。

"是……是吉冈先生吧？……对吧？蜜经常提起您呀!经常提起您,总是提起您……"

隔壁的浴室传来水声,水声中混合着男女的嬉笑声,他们那边也和我们一样,放着流行歌曲。

"她还在这儿吗?"

"不,已经辞掉了。她在这里做了半年,是和我们一起工作的。"

"她现在在哪里呢?"

"我不知道。她曾经从川崎寄来明信片,可是没写上地址,就连那张明信片上,她还写着您的事哟!"

"可是,我……和她没什么关系呀！你不要胡乱猜了,我可没有责任的!"

"真的？我呀！也认为没有关系,不过,蜜可是真的喜欢您,好喜欢您!"

"那是她自作多情！"

"蜜，在这里……察觉到有某个男人，对她不怀好意时，她就辞掉工作了……辞职时，她还对我说，说不定哪天吉冈先生会来这儿，于是给了我这个护身符，当做标记。"

小姐认真地把蜜对我的心意告诉我，可是，她的态度越认真，我就越固执。蜜没有忘记我，对我的自尊心是一种打击。虽然如此，我也并没有因此而觉得对不起她，感觉上就像是被人给硬塞了一件麻烦的行李。我对蜜的心情，就像在下雨天，遥望着远方晴空下起伏的山峦的心情一样。

我站了起来，默默地穿上西装，肥皂乐园的小姐也没说话。隔壁的浴室，仍然传出水声和男女的嬉笑声。

"您真的……太冷淡了！"

我推开门，正要走出走廊时，她在后面嘀咕着。那语气里掺杂叹息和解脱。

"……蜜……真是太可怜了！"

我走到外面。雨，下着，像雾的雨！

三浦真理子的确对我产生了"好感"以上的感情。

我从蜜那儿了解到，女人只要对男人有了超过好感以上的感情之后，很快就会做出惊人的、奉献性的举动；而真理子的情形也是一样的。

有一天早上,我到办公室一看,发现不但桌上的铅笔、橡皮擦全部换上了新的,而且连一直使用的公司给的旧算盘,也换成了小副的白木算盘。

(是谁帮我换的?)

我很自然地把视线转向四周,然后停留在办公室的角落里正在打字的真理子身上。不用说,她装得若无其事。可是,纵使脸上装作若无其事,她的背影已经把她的心思都告诉我了。

(怎么样?这个算盘,您喜欢吗?您知道是谁帮您换的?)

她背上穿着的柔和的乳白色洋装,似乎和人一样也有表情和嘴巴似的在对我说着。

"是你给我换的算盘吧?"

接近中午休息之前,在盥洗室中擦身而过时,我小声地问她。

"嘻嘻。是吗?到底是谁呢?"

真理子两手按着头发,小声地笑着跑开了。

可是,那天下午真理子的态度,却又变得很冷淡。她的脸绷得紧紧的,在走廊擦身而过时,她一句话也没说。她装得工作很忙似的,埋头案首、没有向我这边看过一眼。五点钟下班的时间一到,她急忙地把打字机的罩子盖上就溜掉了。

这种态度上的变化,本是年轻女孩吸引男人注意的一种本能的手段。可是,那时候的我一方面觉得被她这种态度弄得焦躁不安,另一方面又感到一种无可抗拒的魅力。

(这个妞和蜜完全不一样!)

她和像小狗般粘在我身旁、跟在我后面的蜜完全不同;我对真理子态度上的转变,既感到新鲜,又觉得具有现代女性的味道。总之,撇开惦记着她是社长的亲戚这个企图不说,我可是真的喜欢上她了。

在一个下着雨的黄昏,下班后,我邀她看电影。她想看的是一部英国电影,演的是有夫之妇和医生之间的畸恋故事。

电影院里非常拥挤,看来是不可能找到位子了。从站立席一直到门口,全都是观众。

"这样子,根本没办法看呀!"

"难道不看要出去吗?票很可惜呀,挺贵的。"

"人家也……"真理子很惋惜地嘀咕着,"很想看这部电影呀!"

我咬着指甲想办法。

"有了!二十分钟之内保证可以抢到座位。"

"那怎么可能呢?"

"要是可能的话,怎么办呢?"

"我什么都听您的。"她笑着。

当然,她说的"什么"的意思,指的是看完电影后,请喝茶或吃点心之类的。

我拉她到最靠近银幕的走廊的入口,这里稍微有一点空隙,我们是从人群隙缝中钻过来的。

"可是还是看不到呀!"

"不是从这里看银幕,注意看座位的通道,我要挤进那里去;等到我手一举起来,你马上就过来。"

于是,我从人群背后先挤过去,踩到不少人的鞋子,不断有人发出啧啧怨言,最后总算挤进座位之间的通道。我在那通道上蹲下来,观察左右观众的动静。

还不到十分钟,很幸运地有一个男人从座位上站起来,我迅速地把手中的报纸丢到那空位上去占位子,朝着在黑暗中注意着我的真理子举起手来。

"这家伙脸皮真厚。"

背后有人说话了。我才不管那么多,反正占到位子就是我赢了。这跟在社会上的生存是一样的,手脚快的人胜利。

"怎么样?有位子了吧!"

我请她坐下时小声地问。

"把我给吓了一跳,您的脸皮可真厚呀!"

"我们约好的,可不能赖皮呀!"

对我来说,看不看电影都无所谓,什么有夫之妇的恋爱,我才没那么多兴趣。第一,外国人的恋爱为什么规矩那么多?和女人一起吃饭,还要像仆人般的一下子又点烟,一下子又要帮女人脱大衣。难道不这么恭恭敬敬地,就不是恋爱了吗?

跟外国人比较起来,日本人性子就显得急得多了。电影结束后我们一起走到夜市时,我就迫不及待地对真理子说:

"你的座位可是我花了很大的工夫才抢到的哦!"

"是不是要我道谢呀?"

"不是,这可是你自己说的呀!要是能抢到座位,什么都可以答应。"

"是呀!我说好了就一定做到,要我请您吃什么呢?"

"不请我也可以。"我一个字一个字慢慢地说。"让我吻一下!"

真理子似乎吓了一跳,注视着我的脸。然后移开视线,低下头来;再抬起头来时,她注视着面前排列在橱窗中的鞋子说:

"啊!好漂亮的鞋子!"

"怎么样呢?"我紧迫盯人又问。

她也没回答。

狠狠地说出"让我吻吧",比说"我喜欢你"在心理上是比较轻松的。

我搭国营电车送真理子回她住的池袋,在电车中随着车子晃动的韵律,我附在她的耳旁小声说:

"有一个厚脸皮的男人。"

"咦?"

"在电影院里帮一位大小姐占座位,并爱上了她。"

"……"

"他好喜欢,好喜欢她!"

电车从目黑到涩谷,一直发出咔嗒咔嗒的声响,那种咔嗒咔嗒的旋律和"好喜欢"的细语,形成极为和谐的调子。

"可是那位大小姐呢?"

"……"

"她也喜欢他吗?喜欢吗?"

我一边问着,一边用手指尖轻轻触碰真理子的腰侧。上完一天班累了的乘客们,有的闭上眼睛,有的看赛马的报纸,没有人注意到我和真理子之间的亲昵动作。眼前车窗外微脏的小房子里阴暗的灯下,一家人正在用着寒酸的晚餐的影像一闪而过。

"喜欢吗？喜欢吗？喜欢吗？"

真理子用手指在因人的呼吸而变得模糊的门玻璃上写着 yes。

当她用指尖写出那三个英文字母的同时，有如飞机飞过云层留下的细长波痕般，在我的内心深处，也有一股自尊心被满足的无上喜悦感缓缓升起。

（这个女孩，终于也……）

好像把最好吃的东西，留到最后才享用似的，我"咀嚼"着那种愉悦。

就在这时，电车驶入涩谷街道，道玄坂的夜灯和电影院红蓝相间的霓虹灯，映入正得意扬扬的我的眼中；而道玄坂的后面——被暗黑包围着的地方，我忘也忘不了。因为那是我第一次拥抱蜜的地方，那旅馆、斜坡道，还有包围着地铁转换线的一带，都一一"飞"入眼中。

（蜜……）

她的影子，突然像针似的刺入我心中。不知为什么。或许是和涩谷的大街那种灯火通明相比较，只有那一个角落，在我眼中看来是黑暗的、寂寞的、悲伤的；不知为什么。或许我内心某处把那看来是黑暗的、寂寞的、悲伤的东西，和森田蜜重叠在一起。不知为什么。或许是当我在工作、恋爱上都很顺利的时候,那个女孩把十字架留在身后,人却消失了。

电车抵达涩谷车站,座位上的几个人争先恐后地下了车;而月台上又有为每天的生计奔波忙碌、满脸倦态的人群拥上车来。车门发出"吱吱"声的同时关上了,我的眼前又浮现出曾在同一月台上追赶电车的蜜的脸。

"吉冈先生,您累了吗?"

真理子把身体靠过来,小声地问。

"您真是怪人,怎么突然之间又不说话了?"

"咦?你一点也不累吗?"

"您的脸色为什么突然看起来那么寂寞?"

"别开玩笑了!我才不是那种多愁善感的人,我最讨厌……多愁善感!"

虽然我们不想公开,可是公司的同事,尤其是敏感的女同事,已逐渐察觉到我们之间不寻常的关系。公司里还不知道的,大概只剩下社长和两位经理了吧!

刚开始时,男同事们对我和真理子多少有一些羡慕,常会做出一些隐含讽刺的恶作剧。休息时,大家围在某位同事的桌旁闲聊,一看到我走过来,马上就停止谈话。不用说,准是大家把我当话题在讨论。

有时候(当然是真理子不在办公室时),他们也会故意说些闲话。

"他们两个可能已经亲过了吧!"

"那是当然的,搞不好连……"

然后,是一阵笑声传入耳中。

(好,你们既然如此,我也会反击的。)我心中思量着。

不管在办公室或外面,我都明显地摆出真理子是我的女朋友的姿态;刚开始时有些不服气的家伙,后来也都默认了。尤其,因为真理子是社长亲戚的关系,或许他们也觉得博取我的好感对将来比较有利吧!没过多久就再也没有人闲言冷语了。

不过,满怀好奇心观察我们的这一点,倒是没变。

(他们可能已经亲过了吧!)

其实我和真理子,连一次吻都没接过,这是事实。

我内心里是否尊重真理子,而瞧不起蜜?我认为夺取蜜的身体是应该的,可是又为什么那么珍惜真理子的嘴唇和纯洁呢?

当然,理由之一是不想失去她对我的信任,我的确抱有这种心理。要是失去了她的信任,而导致我们的恋爱破裂,这样子不但会成为同事之间的笑柄,而且不久之后,公司的经理也一定会以奇异的眼光看我。

可是,我是年轻、正常的男人,和真理子走在一起时,也会有想用手抚摸她的身体,或者用脸靠近她的冲动产生。在咖啡厅里,两人不经意地膝盖碰在一起时,她那柔软且温暖的体温,透过膝盖传到我的身上来;还有在电车中,她的身体突然靠过来的瞬间,她那发丝还有饱满的胸部常常会碰到我的脸和手。

我一直忍耐着,想想自己也算是很努力地克制自己了。

"吉冈先生,虽然你平时说话比较粗鲁,不过……您真的是很单纯!"有一个下雨天,真理子在咖啡厅里很诚恳地说。

"是吗?"

"我喜欢这样的人。因此,在您身边,即使是深夜,我也很放心。"

"我也是正常的男人。不过,马克思说:恋爱中不能超越的就一定不能越雷池一步。我一直把他的话当格言,而且忠实地奉行着。"

"您好厉害呀!您常能说出马克思话中的精华。"

"是吗?我可没那么厉害。不过,马克思的著作我倒是读得很熟……"

其实,我对真理子也存有秘密。我和真理子交往之后,曾去"赤线"嫖了两三次妓。因为从真理子身上点起的肉欲的冲动,非找个地方发泄不行;我也认为由她那儿引起的欲望,可以从街上女人的肉体上得到满足的。

有了情人,不去碰情人的肉体;反而在妓女身上寻求肉欲的发泄,我不认为这种心理是矛盾的,更不认为自己背叛了真理子。我没把这事对真理子说,因为像她那样的女孩,根本无法了解年轻男人的生理需求,恐怕反而会让她误解我是肮脏的。不!在我的心中,把女人归纳成两类:在A种女人身上不能做的事,可以毫不在乎地在B种女人身上做。而三浦真理子是列入A种的女人,至于在街上卖春的女人和森田蜜,则被我列为B种的女人。

某天,下着细雨的日子,我送真理子到池袋之后,搭上电车回程时觉得欲火难耐。那天真理子上衣里穿的是尼龙料子的衣服,但是那丰满的胸部透过那乳白色的半透明布料显现出来,在我们一起闲逛时一直困扰着我。在咖啡厅中,她用自己的右手揉着肩部。

"好累呀!今天打了一天的字。"

然后以讽刺的眼神看着我说:

"喂!您要是结了婚,会不会帮太太揉肩膀?"

"当然会!可是,谁是我的太太呢?"

"是呀！我也不知道。可能是谁呢？"

那时,她那突然发亮的眼睛,还有故意装迷糊的语调,使我充分感受到少女的娇媚。我忽然觉得胸口好难受,于是低下头来。外边下着像雾般的细雨,这难受的感觉或许和咖啡厅中客人从外面带来的湿气以及身上的热气混合造成的黏稠、刺鼻的气味有关吧！我低下头来,视线停在她穿着雨鞋的脚上,然后幻想着她那被丝袜包裹着的丰腴的小腿和膝盖,还有裙子底下的大腿。

那影像,一直到我搭上电车之后,仍然十分鲜明。

(呸！想要坚守马克思的信念,也不是那么简单的事！)

电车到达新宿时,为了要驱除这影像,我突然决定下车,想在哪儿的小摊子喝一杯烧酒。

我在西入口的人行道旁的小摊子上喝了一杯廉价的紫色葡萄味烧酒后,外面的湿气加上体内的热气,反而令我产生一股异样的感觉。潮湿性的微热,是青年的生理所最无法抗拒的刺激。

于是我走到曾经去过的肥皂乐园的附近。当走过肥皂乐园前面时,已醉了的心里,很意外地已不再对森田蜜的存在感到痛苦了。真是万幸。

再过一条大街就是"赤线"了。在毛毛细雨中,这条路仿佛电影里常见的那种道路，笔直地向前延伸下去；路的两旁像旧饼干盒子似的房子，一户紧挨着一户。每一户的门边，都站着两个女人在招呼客人，雨沾湿了她们的双颊。

"先生，请进来坐呀！"

对于声音沙哑的女人还是避开为妙，因为那可能是由于得病的关系导致喉咙坏了；而对于脖子上绑着绷带或贴着白胶布的那些女人，也都敬谢不敏。

"好俊呀！真像佐田启二！"

有一个脸和身体都很瘦的女人，在雨中跑出来拉着我的手，想把我硬拉到门口。我说：

"喂！喂！你不要乱来呀！"

"我偏要！你要是想逃走，我会把你的西装撕破！"

我的鞋子被她强行脱下来，从背后硬被往里面推。其实我也是半推半就的——我和女人登上二楼的小房间，这房间只有六帖大，里面有镜台和茶器橱；由于对面霓虹灯的反射，窗子略呈暗红色。对了！那里是肥皂乐园，是蜜工作过的肥皂乐园。在这样的夜晚，她是否也眺望着映在夜空中的霓虹灯呢？

这次我怀里抱着女人时，并没想到真理子。男人的心理和女人是不同的，年轻的男人很容易把生理和心理分开来；女人只会对自己喜欢的人,产生肉体上的情欲,可是男人却可以把恋爱和肉欲的对象分开来。真理子是真理子,而这个女人是这个女人。

女人的乳房很小。夜越来越深了,听到了窗下的喇叭声,还有醉客走过时哼着的歌,没多久又恢复了宁静。女人的小乳房被我握在手里,嘴巴张得大大地睡着了,嘴里的呼吸臭臭的,脸上看来似乎极为疲倦。

第二天清晨,阳光从木板的套窗泄入,女人还没醒过来,我嘴里叼着香烟,打开窗户。看到对面窗户上,有个女人正在晒棉被,昨晚过夜的客人似乎已经走了。女人的头上戴了许多像金属零件的发卷,看到我时嫣然一笑,满口金牙在朝阳中发出亮光。

"喂!我走了。"

"要走了?这么早呀!"

陪我睡的女人挠着露在睡袍外的细小手腕。有一只木屐她不知踢到哪儿去了,就只趿拉着另一只木屐,一直送我到楼梯的最下一阶。

也不知怎的,这儿一切看来都很脏。那女人,还有这一家店,甚至路上的一切,看来也都脏兮兮的。我心想:早点走出这里到大街去,还赶得上公司的上班时间吧!

"喂!"

不知是谁在背后叫我,回过头来一看,是公司里姓大野的男同事。

"哎?吉冈先生!您也会到这种地方来呀?"

大野歪向一旁的厚嘴唇上,浮现出讽刺的微笑。

"您不怕吗?要是让真理子知道也没关系吗?"

我没作声……

我的手记（六）

一整天，面对着办公室的桌子，体内好像有针在扎着。

三浦真理子和我之间的事，不但办公室的同事全都知道了；而我们早晚会结婚，这也是公司里公开的秘密。真理子是社长的侄女，有一天我也有可能成为这家公司的干部，因此招来大家的羡慕与嫉妒。

因此，我昨晚在新宿"赤线"嫖妓的事，要是从大野的口中传开来，会有什么后果？毫无疑问地，女同事们会认为我是背叛了情人去嫖妓的肮脏男人；而且还不只是这么认为就罢了，对真理子也一定会投以同性之间的厌恶眼光。

"喂，真理子什么都还蒙在鼓里，你真是好运气呀！"

休息时间，在洗手间和走廊上的叽叽喳喳交谈声，似乎是故意要让我听到。

男同事之间或许会这么说吧！

"那家伙还没弄到手!"

"是呀!所以才……"

我从桌上抬起头来偷瞄真理子,不错,看样子大野似乎还没把那件事告诉她。跟平常一样,她低着头很认真地打着字。或许是因为初夏的热气,她的脸上出了一些汗。

大野把铅笔含在口里,手拨弄着算盘,打完后不知在便条纸上写些什么;突然从口袋里拿出火柴盒,用火柴棒掏起耳屎来了,然后又慢条斯理地涂到便条纸上。

(好脏的家伙!)我心里嘀咕着。(真是个不讲卫生的家伙。)

当然,他不可能听到我内心的嘀咕,就那么巧地,这时他忽然抬起头来,和我的视线相接触。突然,在他那狡猾的白皙的脸上,浮现出轻蔑的微笑;他一边笑着,一边故意让我知道似的,缓缓地把视线转移到真理子身上。

很显然地,他是想借这个动作告诉我,暗示着今天早上发生的事;也告诉我真理子会不会知道那件事,全操纵在他的手中。

事情并不是那样就了结,那天中午休息时,棘手的事终于到来了。

"喂!吉冈先生!"

我洗完手从洗手间走出走廊时,大野脸上浮现出惯有的轻蔑微笑靠近我。

"想麻烦你一点事。"

"什么事?"

我把脸绷得紧紧的,摆出拳击手的姿势。

"我呀!打麻将输了,手头上有点紧,能不能借我一些?"

"钱……我一向没钱,何况现在又是月底。"

"咦?那怎么又有钱去'赤线'?"大野盯着我的脸,一个字一个字缓慢地说。"或者,你想狡辩说那是向情人借的?要是这样,我就要向三浦小姐查证一下哦!"

"你想要多少?"

我的声音因为生气和屈辱都发抖了。

"三千日元……不,两千日元就够了。"

"好,明天拿给你。"

"明天?你今天没带着?好吧,那也没办法。那么,明天可别忘了啊!"

大野摆出跟我要钱是理所当然的脸色,口中哼着流行歌曲,从走廊中消失了。

事实上,现在已是月底,我口袋里连一千日元都不到。去张罗的话,也不是不可能,但是大野所说的向真理子告贷的话,却大大地伤害到我的自尊心。最起码我还不希望在真理子面前露出自己的丑态。

下午我在办公室里,一整天心情都很郁闷。回到住处后,坐在窗旁,呆望着白铁屋顶上的暮霭;心里盘算着,自己今后应该采取什么样的态度。

以后不能再去"赤线"那种地方了。太大意了!这是自己的疏忽。以后绝不能让大野再利用人性的弱点。这次借给他两千日元,说不定下次认为我好欺负,还要纠缠不休。他会把我看成什么呢?心里一想到大野,就像喝过酒似的,头和身体突然热起来,满肚子是气。

可是,今后要是不去"赤线",又要如何解决年轻人的欲望呢?干脆向真理子明讲?不!不!那样一来,万一被她看轻,不就全都完了。社长吉村先生和经理片冈先生,会用什么样的眼光看我呢?这是很容易想象得到的,那么,怎么办才好呢?

突然,我的心里又浮现出那个,看到人就傻笑的蜜的脸。或许她还喜欢我也说不定,要是这样,以后可就不用再去"赤线",拿她来代替就行了。短短的腿、圆滚滚的胴体,反正跟"赤线"的女人差不多。

想到这里,闷了一整天的心情,稍微纾解了一些。

我换上西装,走出住处,搭东京都电车准备前往已经好久没去的,位在神田神保町的金先生的斯旺兴业。就像学生时代每次缺钱用时,就去找金先生要打工一样;这次是为了明天的两千日元,想向金先生借钱。

还记得第一次到斯旺兴业,是两年前秋天的一个黄昏:灰色的暮霭,笼罩着未受战火洗礼的,盈盈一握的一小片地方。小孩子在小路上拍着球,不知哪家烧着炭炉,淡淡的灰烟袅袅上升;拉洋片的老伯伯踩着旧自行车,发出吱吱声,从我的后面赶过去。是的,那时候,我比现在更穷,常饿着肚子。

金先生的影子,在玻璃门后晃动着。身上仍然穿着像是二三流的电影演员所穿的西装,正和一位穿着背后印有商店名号的和服短褂,看来像是糕饼师傅的男人交谈着。

我打开玻璃门,轻轻地叫了一声。

"金先生!"

他回过头来,很高兴似的,脸上笑眯眯的。

"呀!是你呀!"

"好久不见了。"

"哈哈哈……你看来精神还不错,脸色也很好。看你穿的西装就知道是赚了钱,也填饱肚子了。"

"不!"我无力地摇摇头,"没这回事!而且,今天还是为了钱来的。"

"你真是个阿呆啊！阿呆！你要借钱做什么呢？哈哈……是用在女人身上？"

"不……不是的。要是方便的话,我想向您借两千日元。"

金先生对别人怎么样姑且不谈,对我倒是很亲切。他的心里是否也意识到——自己现在照顾的,是个年轻的日本人呢！他很喜欢用简单的日语对我说教,而我对他也有一种特别的亲切感。

我保证下个月发薪日还他两千日元,金先生很乐意地从裤袋里拿出钱来借我。

"我呀！在川崎盖了更大的办公室,要把这里卖掉搬过去。"

他很得意地说,要扩大自己的事业,在川崎开了一家弹子机店,二楼还要做斯旺兴业的办公室。

"川崎？"

"是的,因为有许多韩国人在那儿工作。有人在那边开酒吧,也有人开肥皂乐园,大家都做得很成功；而日本人就不行了,没志气！"

肥皂乐园和川崎的市名,唤醒了我的记忆。我抽着金先生给的香烟,想起了蜜。对了……照新宿那位肥皂乐园的小姐所说的,蜜应该在川崎的。

"金先生,我还有一件事想拜托您。"

"什么事? 又是钱吗?"

"不是的。我想找一个人,一个名叫森田蜜的女孩。"

金先生躲在眼镜后的眼睛,发出狡猾的亮光。

"哈哈哈!"

他伸出一只小拇指。

"哈哈哈……是这个吧!"

这次我以微笑代替了否定的回答,这样子比较方便。

"那个女孩住在哪里呢?"

"不知道。我想可能在肥皂乐园,或者是弹子机店,或者是像金先生的朋友所开的那种店里工作吧? 所以这也许是大海捞针。"

"嗯!"这次金先生有点丧气似的,瞪着我的手腕说,"这很困难呀!"

我正想离开的时候,他突然叫住我,伸出一只手来。

"抵押品!"

"什么抵押品?"

"借钱的抵押品。我借你两千日元没有抵押品是不行的。还钱的时候,抵押品再还给你。"

"金先生,你这样太过分了! 您不相信我这个人?"

"对于日本人是行不通的,契约是契约;比起人,我更相信的是钱。"

金先生毫不客气地拿了我戴在手腕的手表,虽然那只是个廉价的国产货。

大野一边打量着周边,飞快地把那两千日元放入口袋里,然后露出谄媚的微笑。

"对不起哦!"

"只有这次,下不为例。"

"我知道,不用再叮咛我也清楚。"

"或许你会觉得我啰唆,不过我再说一遍,我讨厌向人借钱,也不喜欢把钱借给人。"

"哎呀!不要说那么难听的话嘛!"

从窗外泄入的阳光,照在大野的脸上,他的脸狡猾且下流地歪曲着。这一关总算摆平了,可是对方今后会再耍出什么花招来呢?仍然令我感到不安。

回到办公室,真理子看到我,停下手上的打字微笑着,周遭的同事也没有什么异样的表情。看来大野到目前为止,似乎还没把那件秘密给抖出来。

其实这也是那两千日元的作用。那两千日元我并不要他还,让他一直有向我借了钱的心理负担,而且这样还可以封住他的嘴。但是一想到下个月,要用薪水去向金先生换回手表,也真够令人心疼的,只得把它想成是花钱消灾——用封口费买来的。

嘴里一直说着契约、契约的金先生,也的确是遵守约定的男人。

那天,他的回答虽是意兴阑珊的,可是两星期之后,他却为着蜜的事给了我一通电话。

"这个……很难,不过总算查到了。"

"这个是……"

"混蛋!这个,指的是女人,女人呀!"

"啊!女人呀!"

当我发现真理子和同事们,偷偷地用斜眼往这边瞧时,我赶紧把声音压低。金先生说,同是韩国人经营着弹子机店的朋友,曾雇用过名叫森田蜜的小姐,但是她现在已不在店里,被解雇了。

"为什么被解雇了?"

"偷了店里的钱。"

"蜜偷了钱?"

我握着听筒呆站了一阵子,那个傻女孩当小偷?那么好心肠的人,怎么会去偷钱呢?

金先生只知道这一些,他说到了川崎之后,会介绍我认识他那开弹子机店的朋友。

"你来吗?"

"好,那么我晚上就去。"

我放下听筒,擦擦汗,没有人知道这通电话的秘密。真理子仍然坐在桌前低着头在打字,大野边用火柴棒掏耳屎,边看着公文。蜜怎么会偷钱呢?我感到好奇又有趣:她慢吞吞地,犹豫不决地偷店里的钱的那副模样,好像就在眼前。

(傻女孩!)我自言自语。(傻女孩!)

人生当中,有人只因为心肠好,故意从斜坡路上滚下来。也有那手脚笨拙、不得要领、得失观念不清的人。而蜜就是那样的一个人。

下午工作结束时,真理子盖上打字机的罩子,把手放在头发上对着我微笑。这是我们两人之间的暗号:表示今晚要上哪儿去约会的意思。

我摇摇头,后来一想这是个大错误。不过,即使那天晚上陪她,说不定事情仍然迟早会到来的。

川崎车站前面的广场,笼罩在夕阳余晖中。迎着从检票口蜂拥出来的人群,我心想或许蜜会夹在人群当中。白天还是大晴天现在却已阴暗下来的天空,让人觉得或许待会儿会下雨。

我很快就找到新的斯旺兴业。在一楼刚开幕的弹子机店前,排列着几个祝贺的花篮。许是连弹式的新机器,吸引了人们的兴趣,在日光灯的照明下,许多男女客人,边听着店内播放的流行歌曲,边打着弹子机。我对那首流行歌曲很耳熟。

> 那天我抛弃了的女人
> 现在在哪里呢
> 现在做什么呢

金先生精神奕奕地穿梭在流行歌曲和客人之间,提醒兑换奖品的小姐们应该注意的地方,一看到我就笑着走过来。

> 那天我抛弃了的女人
> 现在在哪里呢
> 现在做什么呢

"你爱上了那个小姐?"
"胡扯!"
"要不然怎么马上就过来了?哈哈,看你的脸都红了,还很嫩呀!"

"算了!别胡扯了,您的朋友现在在哪里呢?"

"朋友的店就在附近,要去看看吗?我已经跟他说好了,我们马上去吧!"

同样是弹子机店,可是那里却灯光昏暗,弹子机也旧了,只有少数几个客人。

我掏出二十日元买了一把珠子,站在弹簧已松了的台子前,手指机械地动着。疲乏无力的珠子碰到弯曲的钉子被弹回去,然后就像人生的落伍者一般,掉进下面的洞里消失了。眼看着那些可怜的珠子,心想这仿佛就是人生呀!

"喂!那机器……"

一个戴着眼镜的女孩,嘴里含鬼灯巧克力①从台子后面小声地对我说。

"打这台不划算。那一台,珠子比较容易出来。"

"太谢谢你了。可是,你告诉客人,店里不就吃亏了吗?"

"没关系。吃亏又不关我的事。"

"请问你,叫森田蜜的女孩在这里吗?"

当我好像背书似的缓缓地说出这名字时,跟两个月前在

---

① 鬼灯巧克力:乐天公司1982年推出的一款巧克力零食。外面是鬼灯形状的巧克力,中间放着一粒花生,晃动时会发出声响,已停产。是1980年代有名的零食。

肥皂乐园中的女郎一样,眼前的这个女孩,也突然颤抖了一下,然后直瞪着我看。

"你认识……蜜?"

"认识呀!听说她辞掉工作了,是因为偷了店里的钱?"

"不是偷呀!"她很生气地耸耸肩。"她只是想帮助……马场先生呀!"

"唉,到底是怎么一回事?看来事情还有点复杂呢!"

戴着眼镜的女孩脚上穿着木屐从弹子机中间出现了。她将嘴里的鬼灯巧克力吹出声音来,环顾四周后说:

"哎呀!我们的经理很小气。马场先生跟患了骨疽的哥哥住在一起,要吃药,又要看医生;预支了几次薪水后,马场先生从经理那儿就借不到钱了,所以最后才会不吭声地拿了店里的钱啦!"

"后来被发现了?"

"是呀!不过,那时的蜜因为自己是一个人生活,就替马场把责任顶了下来,向经理说是她拿的……"

"她被带去警察局了吗?"

"经理也干过不少的坏事……所以也不希望把事情闹大,不是吗?"

"那么是蜜还了钱?"

"蜜照经理的要求到酒吧上班,抵掉那一笔钱。"

"她偶尔会来这里吗?"

"只来过一次。我也好想去看看她,只是……那地方是低级的酒吧,女孩子不方便去的。"

外头开始下起毛毛细雨。年轻男人慌忙把摆在路边的自行车推到屋檐下来,然后吹着口哨走远了。

问清楚酒吧的名字和地址之后,我走出了那家弹子机店。雨像细针似的打在脖子上和脸上,本想向金先生告辞,但是在灯光明亮的店中看不到他的影子。那首流行歌曲在"呼啦呼啦"的弹珠声中,仍继续播放着。

从制药公司到肥皂乐园,从肥皂乐园再到弹子机店,最后,她居然沦落到去"低级酒吧"上班!

我不知道

现在她在做什么

不过……

那首歌好像在追赶着我似的,又让我听到了。我真的不知道她要如何生活下去。当男人知道曾和自己睡过一觉的女人正慢慢地向人生的底层滑落下去时,仍然会产生一种类似感伤的心情。

是的,我那时候,就无来由地有这种感觉;在这之前,我从未真正考虑过她的人生。在雨中,脸颊和脖子都被淋湿的我咬着手指头思索着她的人生。就像弹珠碰到钉子,被弹起一点又逐渐掉下去似的,她也堕落了。为什么不能像我一样,学得聪明点过日子呢?连别人犯的罪都要顶下来,这不是故意把自己的命运弄砸吗?那张笨拙的嘴,还有那副"好心肠",我只说我患过小儿麻痹,身体不方便,她就把一切都献给了我。她那种样子,实在是无可救药了!

在被雨淋湿了的小路两旁,有只有表面涂着水泥和油漆的酒吧林立着;都是一些用片假名写的店名——不是"铃兰"就是"茉丽"等随处可见的花名。路上连个客人的影子也没有,听到我的脚步声,有个女人把门打开了一些,探出头来。

"请进来呀!"

这里跟新宿的"赤线"一模一样,里面说不定也和新宿的"赤线"做着同样的事。

"喂!这里很便宜哟!"

从开着的门缝里,传出男人的沙哑声音。

"什么东西嘛!脸像猪一样,服务又不好!"

我停在蜜上班的"番红花"店前,黑暗中有女人招呼着。

"先生！请进来喝啤酒！"

"要是蜜在的话。"

"蜜？"

"是的。"

"这里没有那样的小姐呀！我代替蜜为您服务,怎么样？好吗！"

"她全名叫森田蜜！"

"什么？原来是笑子呀！"

蜜在这家店里,似乎是用笑子这名字工作。

"要是笑子的话,她休息了。"

"休息？是生病吗？"

"今天到医院去了。"

"是什么病？"

"不知道,可能是长什么肿疮,治疗去了。笑子不在也没有关系呀！进来嘛！"

"我叫吉冈。"我把写着自己的名字和地址的纸条交给她,"请你转达给她,说吉冈来找过她了。"

知道我不进去之后,女人在背后骂了些难听的话。

(她……生病了？)

我感到十分疲倦。不知为什么,不只是身体,连精神都感到疲惫不堪。一只被雨淋湿的狗,蹒跚地横穿过街道。

那一瞬间,突然产生有人在耳畔说话的错觉。即使到现在,我仍觉得很奇怪,为什么在那瞬间,会听到那声音呢?

(你那天要是没遇到她,说不定那个女孩,现在还过着平凡但是幸福的人生!)

(那不是我的责任呀!)我摇摇头。(要是对每一件事,都那么在意的话,我不是不能和人认识了吗?不就没办法过日子了吗?)

(话虽这么说,可是人生是复杂的。因此你不可以忘记,人和人之间的交往,一定会在他人的人生当中,留下无法磨灭的痕迹的。)

我摇摇头,身体淋湿了仍然在雨中继续走着。如同在涩谷的那一晚,对像小狗般跟过来的蜜,连正眼也不瞧一眼地,径直往车站走去……

可是,第二天雨停了,阳光普照。我和蜜的事,还有因她而起的没来由的悲伤情绪,也消失得一干二净了。

对了,工作。初夏晴朗的天空,耀眼的阳光好像在对我说:你和那些在人生当中,像小石子般掉下的女人,是没有任何关系的。

我在公司里比往常更起劲地工作着。无论是谁,就连那个大野,我也不记仇地和他交谈;我做事干净利落,打电话联络客户,常找吉村经理在公文上盖章。

"昨天晚上,去哪儿了?"

中午休息,我和真理子并肩坐在明亮的人行道旁的椅子上时,她问我。街边的银杏,充分吸收了六月梅雨的水分,叶子呈现深绿色。

"我,是不是很没意思?"

"对不起!"我对真理子一向是很温柔的。"昨天晚上有点事,是推也推不掉的事。"

"我一个人无聊,跑到以前上班的地方去了。"

"以前……上班的地方?"

"我记得我曾和您提过,我来伯父公司之前,抱着见习的心理,曾在经堂的制药公司待了一阵子。那公司实在又小又脏,所以没多久就辞掉了。"

"哦……"

我若无其事地应了声,其实我的声音在发抖。

"昨天,很有趣吧?"

"认识的人不多了,以前在那儿工作时还有两位女同事,不过现在都已经辞职了……"

她很自然地对我谈着她的过去,那说话的神态,透露出她已深深爱我、信任我了。可是,那些话却像针般深深地刺入我心深处。

"要不要去'洛奇西'俱乐部听爵士乐?"

我想赶快转移话题,可是真理子似乎没觉察到。

"是谁在那儿唱歌呢?"

"啊……不行呀!我忘了……今天口袋空空如也。"

"骗人!您昨天是不是瞒着我喝酒去了?结婚之后,要是还干那种事,我可不饶您!算了,我请您喝茶好了。"

最后,我们到银座一家叫"银巴里"的店里去听法国香颂。那里可以边喝茶,边听年轻的歌手唱法国香颂。

两天、三天过去……从那次之后,大野没再威胁我。

我自认一切都处理得很妥当,过了一星期,从公司回到住处时,发现公寓入口的信箱中,有一张明信片。

那是很眼熟的蜜的字,写得很小孩般的幼稚。

"您好吗?前些日子听说您到店里来,我真的吓了一跳。请不要生气!不过,以后请不要再来看我,我是情不得已的,从好久以前身体就不好……"

信里还是一样错字连篇,不过,字里行间和以往不同,充满了寂寞、哀伤的气氛!

第二天晚上,我从川崎车站打电话约蜜出来。我们已经好久不见了,我对她并非全无同情心和好奇心。当然啦!我也有以她代替新宿的女人的那种自私心理,事实上这种冲动非常强烈。

我还记得,那天晚上和上一次一样,也是下着毛毛雨。

在靠近车站的"洛奇"咖啡厅中,我抽着烟等她。刚领了薪水,所以口袋里饱饱的。

不只是口袋,连心也都变得宽厚了。我内心还打算着:看情形给生病的蜜一点零用钱,或者请她吃点热东西;这样或许可以稍微弥补我对她的愧疚。

等了二十分钟,蜜还没来。刚才在电话中,她似乎很悲伤地直说不能再见面,最后还是我硬要她答应的。自从涩谷的那一晚之后,我已经知道怎么做会让她心软,她的个性就是看不得别人的痛苦和孤独。可是,现在已经等了快半小时了,怎么还不见她在门口出现呢?

(这家伙,到底还是开始讨厌我了啊!)

人都有脾气的,好,我等到四十分,要是她还不来,我也不等了。

就在这时,一个小小的身影映在了咖啡厅的门上。她的头发和脸都被雨淋湿了,像是被丢弃的猫似的,看起来脏脏的。她手里还拿着一把旧雨伞,茫然地站着。没穿雨衣,脚上穿着木屐的蜜,头发仍跟以前一样梳成麻花辫。

她一直注视着我,好像要透视我似的。啊!这眼神我好熟悉,那是在涩谷车站的月台上,当车门关上,她边跑边在开动了的电车中拼命寻找我的那种眼神!

"你还好吗?"

"……"

"前一阵子,我去找过你!"

走过来询问还要点什么东西的服务生,眼睛睁得大大地直往蜜身上瞧。咖啡送来之后,蜜仍然低着头,也不喝咖啡。

"怎么了?我是想念你才去看你的哟!"

"……"

"你以后不想跟我来往了?跟我交往吧!就像以前那样子,不是很有趣吗?还记得吗?我们在涩谷的合唱酒吧①里,看相的老伯伯走过来……怎么了?真的不想再跟我交往了?"

---

① 合唱酒吧:也有合唱咖啡店,这些是1955年左右日本流行的一种娱乐场所。有领唱人带领店内的客人一起唱歌,有时会用钢琴、手风琴伴奏。歌曲以俄罗斯民谣、反战歌曲、日本歌谣等为主。

"……"

"你讨厌我了？"

这时，她第一次抬起头来注视着我。

"是吧？"

"不是的呀！不是的。"

她扭曲的脸上，一副快哭出来的表情，抽噎似的说。

"我喜欢您呀！"

"既然喜欢我，为什么不愿意和我来往呢？"

"不是，我……"

"是因为在那种地方上班的关系？不要紧的，我不会在意的。"

"我……生了病呀！"

我好不容易才察觉到她的脸色很差。

"生病？是什么病？不会是肺病吧？"

"不是的。我去找医生看了手上的肿块……"

"嗯！"

"医生说还要做进一步的检查，所以……我后天要去御殿场。"

"御殿场？"

"那里……有家医院。"蜜的眼睛眨了一下，没再说下去。

我突然想起那天黄昏,和真理子去山中湖,从回程的游览车内远眺的医院——那藏在树林里,仿佛被孤独淹没的医院。那个是麻风病的疗养所。

"难道你……"

蜜慌忙地用手掩住脸……哭泣着。

手腕上的痣(二)

蜜在和吉冈见面的四天之前,去过大学医院。那天也和跟吉冈见面的傍晚一样,下着毛毛细雨。

大约从一个月之前开始,手上的痣不知怎的逐渐变大,大到约有十日元硬币般大小。用手压它、摸它,既不痛也不痒。可是,虽然如此,那肿起物的厚度和面积都比以往大多了。

"这是什么东西?真令人讨厌!"

有一天晚上,中年男人边玩弄着蜜的一只手边喝着啤酒,突然间他看到了那颗痣。

"是长出来的?"

这个中年男人是在川崎开木屐店的老板,酒品很差,别的女服务生都讨厌他。不知为什么,他只对蜜一个人客气。

"这种东西我是无所谓的,不过要是不治疗的话,会被其他客人讨厌的。"

"也擦过药膏,就是好不了。"

"只用成药是没用的呀!是不行的。"那个中年客人把蜜的手朝向电灯,眯着眼好像在看远处的东西似的端详着。

"就算是皮肤病,也不能不去医院看呀!"

在酒吧的红色灯光下,黑褐色的痣看起来更深、更浓,四周的皮肤好像蜗牛爬过似的,还发出亮光呢!

中年男人走后,另一位名叫多田的客人也来了。两个月前他太太离家出走,因此他每到店里来就直发牢骚。店里的女服务生都看不起这个瘦瘦干干、肤色不良的公司小职员,只有蜜理会他。他的不幸遭遇,蜜已听得都快能背出来了;不过,蜜每次听他说时,仍然觉得他好可怜,很同情他。

多田也发现了蜜手上的黑褐色的痣,他好像看到什么可怕的、肮脏的东西似的,马上移开他的身体。

"不……不会是那个吧?"

"那个什么?"

宛如被花生砸到的小鸟似的,毫不知情的蜜呆呆地问。

"就是那个……有'梅'字的病呀!"

柜台上的女服务生们哄然大笑,可是蜜仍然没有什么特别的反应。

"蜜,还是去看看医生的好,刚才木屐店的老板,不也说了吗?"

用牙签剔着牙的,名叫良江的女服务生说。

"可是,不痛也不痒呀!"

"或许你不在意,可是,我们要是被传染到就麻烦了。"

蜜脸红红地低下头,用脚蹭着地板。

第二天,她到附近的白井医院去了。那是位于楠木当铺旁边的小医院,招牌上列着内科、小儿科、性病科、皮肤科等许多诊疗科目。

因为天气很闷热,秃头且肥胖的医生在脏兮兮的诊疗服下只穿着一件内衣。

上了玄关后,有一间四帖半大小的候诊室,泛黄的旧杂志和小孩的画册散得满地都是。在轮到自己之前,蜜替先来的一位妇人看小孩,那妇人轻咳着说:

"真对不起,能不能帮我看一下这孩子?"

她说完就走进诊疗室。那男孩大约五岁左右,脸上还挂着鼻涕,一直瞪着蜜的脸看。

"小男孩,你叫什么名字?"

"我叫阿努。"

蜜心想:啊! 和吉冈先生的名字一样。不知吉冈先生是否已经知道自己来到川崎这儿? 好想见见他,即使只是一次也好。

"乖乖！乖乖地等哟！妈妈马上就出来了。"

不知不觉地，她竟用故乡的话哄起这个小男孩。乖乖！乖乖地等哟！这是蜜对吉冈的态度。不只是对吉冈，其实对所有她认识的人，蜜的态度都是这样的。

"妈妈呢？"

"马上就出来了……"

医生送干咳着的母亲走出诊疗室。

"不照X光是不行的，因为听到里面有积液的声音，要不然就去联络保健所……下一位。"

在充满体臭和消毒药水的昏暗诊疗室里，医生一直注视着蜜黑褐色的痣。蜜闻到窗外向日葵的花香，也听到了刚才那个小男孩的哭泣声。

"什么时候开始有的……"

"大约两年前，不过没什么异样，既不痛也不痒的。"

蜜想尽量把病情说得轻一些，这样子可以消除自己内心的不安。可是，医生默默地不知在病历卡上写些什么。

"医生，这个可以治得好吗？"

"嗯！"医生用甲酚溶液洗手后，用像酒醉了似的眼神凝视着蜜，不知为什么他的脸上淌着汗。"明天到大学医院，去做血液检查看看。"

"血液检查?"

"只抽取一点点血而已,那样子比较准确。当然,这没什么,我想不会是什么恶性的肿瘤,不过还是谨慎一些好。"

最后的一句话让蜜放下心来,只要不是恶性的就好了。医生没给药,蜜在回程中买了绷带,她想用绷带把这颗痣掩饰起来。

医生嘴里尽管说没什么。可是,第二天晚上却打电话到店里来,问蜜是不是去了大学医院。说他已经跟院里的田岛医生联络过了,去了马上就可以接受诊疗,这次是强迫性的语气。

第二天下着毛毛雨。穿着睡衣的患者们,从被雨淋湿后模糊的窗户里,很无聊地往下看走在病栋之间的外来患者和访客。在写着皮肤科的诊疗室的走廊上,很多人在椅子上低着头等着。其中,有一个男人整个脸都用白色绷带包着。

蜜从没来过这样的地方。前台要蜜在走廊上等。是不是弄错了地方?会不会有什么麻烦?蜜的内心感到阵阵的不安。

"请问……这边是哪里呢?"

蜜把从柜台上领的表格,给经过的护士不知看过多少遍;

之后,又往角落的椅子坐下,继续用鞋子"啪嗒啪嗒"地敲着地面。眼睛环视着周遭的环境,一有尿意马上就跑化妆室,已经上了好几次厕所,还是想去。

"高木先生、户川先生、丸山小姐。"

护士按照挂号的顺序叫患者的名字,还没叫到森田蜜。

"我是森田蜜,到我了吗"

"请等一下,因为患者还很多。"

被戴眼镜的护士顶回来的蜜,像小狗般垂头丧气地回到椅子上。旁边的人露出轻蔑的笑容,一直看着她。

最后总算轮到她了。外面虽然仍下着毛毛细雨,但病栋之间的中庭,却有一只脏猫一直蹲着。

"脱掉上身的衣服。"

"啊?"

"请光着上身!"

房间正中央坐着一位肥胖、身份高的医生,旁边站着五六位穿着同样诊疗服,两手交叉在胸前的年轻医生。被许多高等人注视着,蜜整个心都乱了。她没完全听懂医生们的话,头好像喝过酒似的热起来,一副要哭出来的表情。

"可以治得好吧?"

"还没检查不知道!"肥胖的医生冷冷地说,"所以才要你来检查呀！"

和前天一样，医生用灯光照射着蜜手上黑褐色的痣，全神贯注地看着。

"这是轮廓性斑纹吧……"

身份高的医生对着身旁的年轻医生们，好像在教学似的说明。

"注意看！中央部分因色素脱落显出白色，这是汗液无法排出皮肤变干燥了的关系；至于轮廓部分的黑褐色，则是由于充血的原因，不过组织却是呈现结核样浸润。"

他们的谈话里，夹杂着蜜没听过的外语。每当他们说着外语时，蜜虽然一直告诉自己不要害怕，膝盖却不听使唤的抽搐着；那种颤抖就像小学体检时，被医生用棍子敲脚检查是否患了脚气病的情形一般。每当身份高的医生说明时，年轻的医生们就像寻找掉在地上的铜币似的倾斜着身子，目光毫不留情地往畏畏缩缩的蜜身上投射过去，蜜甚至于都感到疼痛了。

"要不要做麻风菌素试验看看呢？"

"不！那还是在疗养所做的好，马上用疫苗注射法检查看看！"

当护士送来满是酒精味的消毒棉布和注射器时，一位长得像池部良,看来有点神经质的年轻医生马上接了过去。

"手不要那么僵硬,手……这个患者真是胆小!"

当注射液慢慢地打入蜜的手腕时,其他的医生一直注视着针痕的反应。

"反应怎样呢?"

"没有反应。"

"奇怪?不过,也有对测试没反应的麻风病。"

诊察和检查完了后,蜜又回到走廊上。

刚刚还有一大堆的患者,现在已剩下没几个了,脸上包着白色绷带的男人也不见了,只有窗外不停地下着像针似的细雨。雨下着,下着……

雨下着。刚才那只猫还蹲在中庭被雨淋湿的地面上。

雨下着。在涩谷的旅馆,第一次被吉冈抱着时,天空也像今天这么阴暗,下着悲伤的小雨。蜜想在中庭的天空中,描绘出吉冈的脸;可是,他的轮廓很模糊,好像在哭泣着。

　　拿着雨伞来给我
　　好高兴呀……

蜜小声地唱起歌来,希望借着歌唱来驱除内心的不安。

以前蜜在学校举办郊游的前一天,为弟妹制作晴天娃娃时,也是边唱这首歌边做的。

"森田小姐。"

蜜回过头来一看,刚刚为她注射的年轻医生,表情很沉重地站在后面。

"请到小房间来一下,有话想跟你说。"

话一说完他就先走了,蜜畏畏缩缩地跟在后面。

在挂着皮肤科图书室牌子的房间里,她和年轻的医生相对而坐。

医生从诊疗服口袋里,掏出香烟盒看了一会儿,然后问:

"你知道麻风病吗?"

蜜摇摇头。

"这……其实呀,还需要再进一步仔细地检查,你愿意在这里接受进一步的检查吗?"

说着,医生从口袋里拿出一张纸条递给她。

"在距离御殿场大约一小时车程的地方,有一家'复活院疗养所'。到那里的费用,你不用担心,我们这儿会主动联系对方,到了之后那边会付的。"

"我的情况……是不是很糟糕?"

"不,也许只是一般的皮肤病。"医生安慰着说,可是那眼神却告诉蜜,医生连自己的话都不相信。"不过,还是谨慎些好……"

"我……是什么病呢?"

那时年轻医生的脸上,又露出为难的表情。他把尚未点着的香烟放入口中,等到察觉未点火时,又再放回口袋里。

"还不能完全确定。"

"那……麻……麻风病是……"

"麻风病吗?不,并不是说你得了麻风病。只是……怎么说呢?有点怀疑罢了……"

医生似乎想结束这难以开口的话题,慌忙地站起来。

"总之,赶快到这地址上的医院去。"

医生离开后,蜜坐在椅子上,有很长的一段时间,她用两手遮掩着脸,脑中不断地回响着"麻风病,麻风病"。突然有人打开图书室的门。

"啊!对不起。"

那个人"砰!"的一声又关上门走了。

她当然不知道这疾病意味着什么,虽然不知道,可是光从这陌生的名称,就让蜜感到自己罹患了绝症。总之,似乎不是一般的疾病。

不过,对蜜来说最重要的是,这种病到底是需要长期治疗,抑或很快就可以治愈呢?蜜还记得孩提时代,住在川越町附近,有一家姓中上川的邻居,由于先生患了肺病躺了三四年,因此做太太的白天不用说,甚至连晚上也要做兼职。

自己既没有储蓄,而且现在的工作也没有办保险,当然是无法住院的。

(我想可能只是小肿块。)她对自己说。(到目前为止,一直都没理它也没怎么样。)

蜜想到这里,稍微安心了些,手握紧雨伞站起来,走出已无人影的走廊。

雨,总算停了。从云层之间露出那叫人眼睛、眼睑都感到沉重的微光。医院的草地上,有许多患者正按照医生规定的时间散着步。

突然,有人从背后叫她。

"你忘了东西呀!"

回过头来一看,是个年轻的护士。有着像皮球似的圆脸,脸颊红润,还有从洁白且干净的护士服露出看着很健康的手。

"这条布巾是你的吧?"

护士微笑着把棉布的布巾递给蜜,抬头仰望天空说:

"雨停了,太好了!"

"请问……"蜜怯怯地说出从刚才就一直令她感到迷惑的

事。"麻风病是什么?"

"麻风病。"她天真地歪着脑袋回答着,"麻风病……那不就是癞病吗?"

蜜的脸色全变了,年轻的护士这时才发现到自己说了不能跟患者说的话。

"哎呀!"

她吃惊地看了看蜜的脸,她的脸上和刚才那位年轻医生一样,浮现出困惑的神情。

蜜感到好像被人用粗大的棍子,在头上猛击似的——愣住了。

"请保重!"

护士小声地说了之后,飞也似的转过身跑走了。

突然间,蜜的眼中医院的建筑物变成了灰色,眼前的景物团团转。蜜感到全身虚脱,差一点倒在地上。

无法相信,无法相信自己是患了那种病。蜜整个心情就像雨天眺望远处晴朗的丘陵,茫然若失。

(梦、噩梦,自己正做着噩梦。)

有辆汽车从蜜的身旁经过,差点撞到蜜。

"混蛋!你找死呀!"

司机从窗户探出头来,大声怒吼着。

斜坡路的路面，就像铅笔芯似的黑而光亮，笔直地向前伸展着。蜜手里拿着雨伞，腋下挟着布巾，在那条斜坡路的途中，停下了脚步。

走出医院后，蜜怯怯地把视线落在不知看过多少次的手腕上那黑褐色的痣上，又摇了摇脑袋。

癫病对她来说，是另一个世界的疾病，跟自己丝毫没有关系的，没有关系的；不！甚至是自己连想都未想过的疾病。蜜目光又落在手腕上那黑褐色的痣上，她想从以往的回忆里，把有关这种疾病的记忆完全唤醒。

蜜想起孩提时代，有一天中午曾和已过世的母亲，一起去看川越的大师的事。

那是个庙会的日子，红色和黄色的气球在阳光下闪着光；旁边穿着围裙的老太婆，用脚踩着机器卖着棉花糖。

蜜吵着要了一根棉花糖，母亲牵着她的手登上石阶。

"蜜，不要让棉花糖给弄脏了衣服哟！"

母亲偶尔训斥着蜜，在石阶的途中，母亲突然拉住了她说：

"快！快向右边靠！"

母亲把蜜的身体拉向石阶的右边。

原来有一个乞丐，坐在石阶的左边讨东西。他的身体趴在地面上,头发稀疏的脑袋伏在石阶上;脑袋的旁边放着一个盘子,里面却连一日元也没有。

蜜从孩提时代起,每看到这种可怜的人就想哭。这是蜜对他们本能地怜悯,混合着恐惧感和好奇心。

她抓紧母亲的手,怯怯地从母亲背后偷看那个乞丐。乞丐那和泥土颜色一样的手,简直和原木一模一样。手的前端是光秃秃的,没有手指,连一根也没有。

"妈妈!"

"什么事?"

"不给他钱吗?"

"傻瓜!"母亲移开眼睛,"不要看!那是癞病!"

"癞病?"

"对的,就是癞病。你要是做坏事,也会像他那样子没有手指,变成乞丐哟!所以呀……"

不久,不知是谁联络的,一位踩着自行车的警察来了。乞丐被警察赶走,拄着拐杖消失了。

这个记忆,现在突然从蜜的回忆中苏醒过来。除非是医生弄错了,否则自己就是患了癞病。

"要是做坏事,你也会像那样子没有手指。"

已过世的母亲那时所说的话,仍鲜明地留在她的记忆里。

自己到底做了什么坏事呢？虽然没做过什么好事,但也没做过坏事呀！在蜜单纯的脑海里,所谓坏事指的就是偷东西啦,说谎话啦之类的事。新的母亲来了之后,自己认为不应该留在家里,所以离家前来东京。在工厂里,蜜一心一意地尽可能地努力工作。即使阿好跷班时,自己仍然继续在做包装的工作呀！这些事中到底有哪一件是坏事呢？

斜坡路的尽头,是广阔的电车道。从早上起就没吃东西的蜜,现在肚子仍然一点也不觉得饿。没有想去的地方,哪里都不想去,只想卷起棉被睡觉。

不幸的时候,睡觉是最好的方法。这句话是母亲的口头禅,经常挂在嘴边。睡觉……只要睡着了,所有痛苦的事和辛酸的事,都会忘掉的。一切都忘了就跟死亡是一样的。

电车道下边,有国营电车行驶着。蜜倚靠在桥架上,眺望着缓缓驶去的电车；从电车的窗口一闪而过的,似乎是从学校回家的学生们的脸。平交道上的信号,由红转绿,卡车和出租车在被雨淋湿的道路上奔驰着。东京的一切和往常一样,没有人知道现在倚靠在桥架上,表情阴暗地注视着正下方国营电车驶去方向的这个女孩正想自杀呢！

（只要往下跳就行了！）

可是,蜜却害怕着,还是不敢往下跳。

到了新宿,她不知道去哪里才好,因此走入百货公司的餐厅。为了想多坐一会儿,于是她叫了一份馅蜜①。

从餐厅的玻璃窗,看得到灰色的天空和灰色的街道。她小心地不让别人发现,又把眼光落到手腕上那黑褐色的痣上。如在医院中那个肥胖的、身份高的医生对年轻医生所作的说明一样,痣的中央好像有一层云霞似的白白的,用手指压它却没有什么感觉。

(医生是怎么搞的?我不是那种病呀!)

她想否认自己是患麻风病的说法,又再拼命地"挖掘"从前的记忆。

对了,前往大师那儿的当天晚上,吃晚饭时母亲曾对父亲说过这样的话。

"什么!现在还有癞病?"

父亲用手掌使劲地擦因烧酒而红了的脸。

"我小时候相当多呀!听说那是遗传的。"

蜜还问父亲什么是遗传。因此,那时候的谈话,到现在还记得很清楚。

---

① 馅蜜:一种日式甜品。1930年由东京银座的汁粉屋"若松"推出。主要形式是在蜜豆底料上堆放红豆、水果、寒天、白玉等食材,最后淋上黑糖糖浆或糖蜜一起食用。

蜜的家人,当然没人患过那种病。父亲身体还好,而母亲则是因为别的疾病才过世的。

因此,自己不应该会患那种病,她这么相信着。

对面桌有个小女孩,放开母亲的手,摇摇晃晃地走向蜜这边。

小女孩两手捧着可能是刚买的洋娃娃,穿着粉红色的洋装。

小女孩稍微张开吃东西时弄脏的嘴,以讶异的目光看着蜜的脸。

"你好!"

蜜第一次露出笑容,两手伸向这个女孩。

她好喜欢小孩,没有任何理由。看到工厂附近的小孩,蜜常会用自己的零用钱买糖果、饼干给他们。

"姐姐!再给我多一点嘛!"

"不行哟!会吃坏肚子的。"

像个母亲似的这么对小孩说话,她就觉得好高兴。

因此,现在她伸出双手,想要抱起手上拿着洋娃娃的这个小女孩。可是,当她的手伸到一半时,她下意识地又把手藏到身体后面。

(我……生病了!)

她想：万一这个可爱的小女孩红润的脸颊，或者是被食物的残渣染成黄色的嘴唇，不小心碰到自己难看的黑褐色的痣就糟糕了。

蜜两手遮掩着脸，一动也不动。

"喂！喂！你是不是不舒服？"

蜜一睁开眼睛，看到穿着餐厅制服的服务员站在面前，看上去有点生气的样子。

"没什么。"

"布巾掉了呀！"

走出百货公司，如雾的细雨又开始下了起来。在这新宿的人行道上，有撑着伞、穿着各色各样雨衣的行人走动着。尽管是在这时候，其中还有亲密地挽着手，依偎在一起的情侣。他们露出洁白的牙齿笑着，被雨淋湿的脸上，洋溢着幸福的光辉。

要是平常，和充满着幸福的情侣擦身而过时，蜜会感到既羡慕又嫉妒，然后想着吉冈。

可是，现在她觉得夹在人群当中行走是件很痛苦的事。有的情侣碰到她的身体，连一声抱歉也没说就走过去了，而她也没有特别的反应，只是觉得好累！好累！

耳中听到了从唱片行里传出的流行歌曲。

　　那天我抛弃了的女人
　　现在在哪里呢

在撑着伞的行人当中,蜜突然看到一个很眼熟的年轻女性。

那是以前曾一起工作过的三浦真理子,同事间谣传着她是有钱人家的千金小姐;可是她并不会摆架子,对蜜和阿好也都很亲切。

三浦小姐似乎是刚从洋装店里出来的样子,手里还拎着个大纸袋。

不知为什么,蜜本能地用伞把自己的脸和身体遮掩起来。她并不是不想念三浦小姐,可是,今天无论和谁说话,都会感到很难过。

　　那天我抛弃了的女人
　　现在在哪儿呢

蜜现在甚至因为觉得自己的世界和真理子的世界是不同的

而感到心痛。真理子是纵使不工作也无所谓,然而却工作着的女孩。而我自己呢?不工作就无法生活了。不久之后,她会是出色的男人的太太吧!而我呢?连结婚都不成。她永远是幸福的,手上没有这么难看的黑褐色的痣。可是,我呢?我呢……

(讨厌!我好讨厌三浦小姐!)

森田蜜第一次对他人的幸福,感到类似憎恨的阴暗的冲动。希望新宿的所有人,都和自己一样不幸;希望手挽着手,很亲昵地走着的情侣,也像自己一样哭不出来,在这街上团团转就好了。为什么只有自己非这么痛苦,非这么不幸不可呢?

她像身怀六甲的女人一样,缓缓地拖曳着脚步,走到新宿车站。

既然没有目标,就只有再回到川崎,回到那像小巢穴般的房间了。今天也不打算去店里上班了。

大家可能会装出一副亲切的样子问她。

"蜜,没什么要紧吧?"

"我们只有身体是本钱。"

"不是梅毒就好了,我还担心着怕会被传染呢。"

(无意识地,耳边似乎响起这样的对话!)

车站里,飘散着从雨伞和雨具散发出来的臭味和湿气。蜜在售票口买了车票,然后喝了瓶十日元的牛奶,稍微打起了一点精神。

车站前,有一个老人在拉手风琴,那是个穿着救世军制服的老人。她想起在涩谷车站,有一次和吉冈在一起时,曾经向像这样打扮的老人买过十字架。

"爱你们的神。"

老人背后的墙壁上,贴着印有这字句的传单。

"神爱你们当中的每一个人。"

然而,在现在的蜜眼中,这些文字根本不代表着任何意义。要是神真的存在,为什么毫无理由地让像我这样的女孩这样不幸呢?她边走边思索着。即使是我,我也希望有像三浦小姐那样的身世;即使是我,我也希望长得更漂亮、更可爱,能让吉冈喜欢。而我也想亲切地待人。即使是我,我多希望像三浦小姐那样容光焕发,也不希望手上长出黑褐色的痣。更不希望每个晚上、每个晚上,在像这样的雨天,站在发出臭味的路上硬拉客人到酒吧里,然后被客人讽刺着:

"哎呀!脸丑得像猪一样!"

我也不希望被客人乱摸、乱抓胸部和腰部呀!

扩音器里传出站务员"御殿场!御殿场!御殿场"的声音。不!不对,那应该是告诉乘客,往五反田的山手线电车要进站了。

蜜突然从心底、从心底的最深处,涌现出无可言喻的悲伤。在这下着毛毛雨的新宿人群当中——不!在所谓人生的路上——她深深体会到自己的孤单。而且,不只是孤单,甚至比病狗更凄惨,她被社会抛弃了。靠在地下道的墙壁上,她也不理会过往行人所投射而来的奇怪眼神,终于哭出来了。蜜真的很难过,很难过……

手腕上的痣(三)

在乌云低垂的下午,蜜搭上火车。

在她微微发汗的手中握着的车票上,写着"往御殿场"。蜜觉得自己现在要去的地方,宛如马路的尽头、地的尽头——那儿只有与社会和人群隔绝的一小撮的人相濡以沫、苟延残喘着。被诅咒的疾病破坏了肉体,毁了容颜、侵蚀手指,只剩下像蜡熔化后的丑恶残骸;而且,他们还不得不继续燃烧生命之火,非活下去不可。从今天起,蜜也将要加入他们这一群……

"往国府津、御殿场的快车,马上要开了。"

雨滴在月台正下方的石子和铁轨上,一滴、两滴……留下了黑色的痕迹,扩音器中传出男人倦怠的声音。

"往国府津、御殿场的列车,马上……"

车厢里意外地很拥挤,车中混合着从微微开着的厕所门里传出类似臭鸡蛋的臭味,还有香烟的烟味,以及附在乘客衣服上的外头湿气的味道。蜜拿着四个角都已经剥损的破旧小皮箱和雨伞，摇摇晃晃地好不容易才找到一个座位。

同座的看来像是上班族的年轻夫妇正吃着便当。妻子这时突然停下筷子，以锐利的目光往下看蜜的旧皮箱和雨伞。蜜两手紧抓着雨伞柄，畏畏缩缩地坐着。

铃响后，火车开动了。灰色的烟掠过留有指痕的三等车厢的窗子，在指痕后阳光普照的有乐町的大厦正缓缓地向后退；街上到处都是人，人群在人行道上走着。今天日常生活的一切景象，都和一星期之前蜜在四谷车站的桥上想自杀时一样；对呆望着的她而言，根本没有任何意义。蜜不会再回到东京来，她不会回到这个人们喝咖啡，和情人散步，买电影票……编织着幸福美梦的地方来。蜜的未来是被无限的黑暗所包围着杂树林，只有病房的昏暗小灯照射着因麻风病瞎了眼的盲人们眼前一小块地方的那个世界。

火车通过品川时，蜜从座位上伸长脖子和身体，注视着远方工厂的屋顶，全是黑色的屋顶。她在那方向徒然地想寻找涩谷，还有被雨淋湿了的斜坡路，以及那天她献出了自己的第一次的男人。

一声"再见！"从蜜的小小胸口冲到嘴边，她赶快用拳头捂住嘴巴强忍着；对面年轻的太太，又把锐利的视线投射过来。

到了横滨车站,有乘客上来,站在走道上的旅客增多了。

"对不起,有哪位可以让一下座位吗?"

从门口传来中年女性哀伤的声音。

"这位老伯伯生病了呀!"

然而已疲倦了的乘客们,只是不悦地听着,男人把已折好的赛马报纸重新打开看着,女人则闭上眼睛假装打盹。

"对不起,有哪位……"

蜜当然也听到了那声音。生病?是什么病?不管是什么病,和现在她所患的病一比较,根本算不了什么呀!生病的老伯伯的确可怜。可是,她自己更是悲惨!

蜜也和其他的乘客一样闭上了眼睛,不想再听到那声音。宛如凄惨的沙漠般,她的感情已干涸了。手上还握着一片面包的人,是没有权利要求正饿着的人施舍的;而已饿着的人拒绝施舍他人,也是人之常情、是应该的。

然而,中年女性哀伤的声音,又从门口传到蜜的耳中。

(今天不要来烦我了!)蜜两手握着雨伞柄自言自语着。(比起老伯伯,我的情形更严重。何况,我也疲倦得很!)

蜜真的已经疲惫不堪!不只是身体,连精神都像是被挤压在制铅的铸模里一般,只感到疲倦、慵懒!雨滴淅淅沥沥地敲打在积满灰尘的玻璃窗上,现在看得到窗外前方的海了,可是那海看起来也是灰暗、寒冷且孤独的。

她想上厕所,把皮箱和雨伞放在座位上,摇摇晃晃地从走道走向洗手间。车厢出口处也有四五个人站着。穿着西装的老伯伯满脸倦容地斜靠在洗手间的门上,中年女性用浸湿了的毛巾擦拭着他的额头。

"喂……"

蜜欲言又止。跟平常一样,当她看到像眼前这样的老人时,内心那喜好助人的感情,马上又涌现出来。

"喂……您可以去坐我那个位子。"

总算说出口了,心里却想着:我实在太傻了。

"可是,你……"

"没关系呀!我还年轻。"

"这样啊!"好像得救似的,中年女性说话时露出口中多颗金牙,"对不起哟!老伯伯,去坐那儿吧!老伯伯……你不是生病了吗?"

蜜一个人靠在两节车厢之间的门上,注视着铁轨向后飞快地退去。发光的铁轨,生锈了的铁轨,令她想起孩提时代,背着弟弟到川越市附近铁轨上玩耍的往事。他们把钉子放在铁轨上,躲在草丛里等待货车从远处驶过来;当货车通过之后,钉子被压得扁扁的,好像新买的小刀。

发光的铁轨,生锈的铁轨,蜜闭上眼睛想睡却老是睡不着。稻田上的天空,含着雨的灰色云块扩散着。两个农夫弯着腰工作着。在云块的左边,有少许亮光从灰色的隙缝中泄出。蜜注视着那景象,心想:自己现在要去御殿场,要去御殿场找名叫神山的麻风病医院,这一切真是荒谬!

(一切都是谎言!谎言!谎言!)

火车在铁轨上发出巨大声音的同时,她在心中使劲地、反复地呐喊着"谎言!谎言!谎言!"如果现在自己是在搭火车要回川越的故乡的途中,那么皮箱里放着的应该是给弟妹们的礼物。在家里住上两天,和左邻右舍寒暄一番,然后再回到东京。对了,还得买束花,去扫扫已过世的母亲的坟墓,事实上也够忙的了。而父亲看到好久不见的自己,或许会吓一跳的。父亲可能会跟自己抱怨,生活越来越苦了。还要和蜜商量是否也可以带弟弟宪吉到东京的工厂上班吧!

车门开了,戴着写有"乘务员"臂章的检票员,看到了蜜就停下脚步来。

"请把您的车票让我看看。"

然后,他把蜜拿在手中的车票剪了一下。

"马上就到御殿场了。"

蜜又没问他,他自己就这么说了,"咔嚓、咔嚓"地边玩弄着剪刀边走开了。

御殿场下着毛毛雨。在车站的小候车室中,有一群手拿着登山杖、头戴着竹笠的年轻男女。可能是要登富士山吧!他们从窗户仰望天空交谈着。

"看样子,在山顶上看日出是不可能了。"
"最起码也要爬到五合目呀!"

蜜贪婪地看着他们从背囊中拿出果汁、糖果和饼干,大伙分着吃。虽然喉咙也干渴着,但是最令她羡慕的是,她从未有过像这样大家一起去远足或登山的经验。他们之中有一个穿西裤的女孩,坐在候车室的椅子上,小声地哼着歌。

快跑呀! 特洛依卡
快跑呀! 特洛依卡

她记得似乎曾经在哪儿听过。对了! 这首歌就是吉冈带她去涩谷名叫"地下生活者"的小酒吧中,年轻男女大伙合唱的那首歌。

女孩哼着哼着,忽然察觉到很羡慕地注视着自己的蜜,于是对蜜微笑着,露出一对讨人喜欢的酒窝。

"你是本地人吗?"

她看到蜜的雨伞和皮箱问着。

"不是。"

"我们想登富士山,偏偏天公不作美。"

"你是学生吗?"

蜜心里想着吉冈,怯怯地问。

"不是的。我们都是在公司上班的同事,是从东京来的。"

然后,她把牛奶糖放在手掌上递给蜜。

"请吃吧!"

这时,不知是谁叫了声:

"巴士来了呀……"

巴士在雨中开动了。刚才的年轻男女们,在车中高高兴兴地笑着,小声地哼着歌。给蜜牛奶糖的那个女孩问:

"你在哪里下车呢?"

"在神山站下。"

"啊!那里有祭典,车站前还张贴着海报呢!那么,我猜你一定是为了想看祭典,要到亲戚家去吧!"

女孩看蜜什么也没说,就这么认定了,又笑着露出酒窝来。

一过驹留的村子,就看不到住家了。在雨云遮盖的北边地平线上,暗黑的富士山麓无尽地扩展着。是否起风了呢?巴士行驶的道路两旁的杂树林和草原,都向左右大幅度地摇动着。到了晚上无疑地这一带会连一丝灯光也看不到,而蜜要去的麻风病医院,就在这片杂树林的对面。

"天公真是不作美呀!"女孩又抱怨着。

"看来是不可能放晴了。"

"没问题的。明天……"

蜜压抑住胸口沉重的悲哀,安慰着女孩。蜜的脑中忽然闪过一个念头:或许眼前这个女孩……是这社会里最后一个和自己说话的人。

"你怎么了……是不是身体不舒服呀?"

"不是……"蜜微微地摇了摇头,"我要下车了……"

在蜜从架上拿下皮箱时,女孩帮她拿着雨伞。

"再见了!保重哟!"

她小声地说。

在雨水汇成小水渠的街道上,只有蜜一个人下了车。之后,巴士溅起泥泞开走了。年轻的男女似乎又开始合唱了,欢乐的歌声中夹着笑声,随风飘送到蜜的耳朵里。

蜜一直站立着,直直地站立着,即使是已被雨淋湿了仍然呆立着。她目送着巴士往灰色的彼方而去,逐渐缩小,最后完全不见了。风吹过草原,把灰色的云吹得支离破碎,又将架在旷野的高压线吹出声响后,消失了踪影。蜜左顾右盼,不见半个人影。

一切都完了的绝望打击着蜜。现在自己是孤单的,所谓孤单并不是指无法跟别人见面。到目前为止,蜜无疑也是孤单的;可是和此刻正袭击着自己的孤单相比较,根本算不了什么。此刻的孤单是向以往的快乐回忆道别。

"吉冈!"蜜走着,嘴唇震颤着。"吉冈,再见了!"

皮箱很重,拿着伞的手指有些湿滑。蜜停下脚步,在这里第一次注视着栗树林中写着"复活医院入口"的白色竖牌。

街道与竖牌之间有条小河,而小桥就是连接社会和医院的细小通路。河水发出潺潺流水声,拍打着小石头;河面上浮着报纸和稻草屑,那一定是从刚才的驹留村流过来的。巨大的金合欢树发出含有湿气的风声,而对面种着些什么的旱田往四面延伸着。

(回去吧!嗯!回去吧!)

是谁在耳边频频催促着?现在只要折回去就行了。到今天为止,还不是这样活过来的,所以今后,只要装着若无其事不就行了?回去吧!回去一切就没事了。

蜜蹲在栗树林中,把旧皮箱放在地上,注视着手腕。黑褐色的痣许是因为寒雨的关系,看来缩小了一些。事实就是这样,只要掩饰起来,根本不会为别人带来麻烦。掩饰起来,然后找个地方换个工作,然后……

蜜从草丛站起来时,看到路旁有个撑着伞,身穿白色修道服的外国女人。

"你好!"

她凝视着蜜的皮箱和雨伞,以及被雨淋湿了的脸。从她多年的经验中,似乎已经猜到这个矮个子的日本女孩为什么会蹲在这儿。

"要打起精神来哟!"

她说日本话,每说一个字停顿一下地和蜜打招呼;然后,她伸出手,提起蜜的旧皮箱就往回走。

"不用——担心呀!——什么——都不要——担心。"

出现在杂树林中像军营的建筑物,是整栋的病房。

蜜最初被带去的,不是这两列并排的木造病房,而是诊疗所的一个房间,有人拿了杯热红茶给她。在这段时间里,为了纾解蜜的心情,两个日本人修女特意找了许多话题。

"疲倦了?疲倦的话,请到隔壁房间休息一下。"戴着眼镜的年轻修女笑着说。

"然后……就请到病房那边去,在这里大家像是一家人。

还有……虽然患了病很难过,不过,在这里什么都不用担心。对了!这个松饼的原料——小麦……你猜是谁种的?是男性患者种的呢!"

对蜜来说,这是她第一次看到修女。戴着宽边的修女帽,白色修道服的腰间还挂着黑色数珠的修女们,都努力地想让蜜心情平静下来。蜜不知道如何回答才好。

"女性患者在这里做刺绣,然后把刺绣卖掉换些零用钱。你做过刺绣吗?你一定会喜欢它的。"

那修女要是脱下修道服,就像街上随处可见的气质高雅的太太。蜜紧张的心情稍微缓和下来了。

"怎么样?在这儿休息一下,还是到病房去?哦……那就走吧!"

外头已经逐渐暗下来,雨也停了,修女们走在偶尔会滴下冷得令人发抖的雨滴的杂树林中,也没撑伞。

"你看,这是香菇!"

途中,她们停下来指着树林的一角,那是用砍下的树根培育出来的一大片褐色的香菇。

"这是患者培育的,还有许多东西也都是患者做的。现在看得到的对面那水池也是呀!纵使手脚不灵光,大家也都不畏缩,你也不能向疾病低头呀!"

在杂树林的尽头,就是蜜刚刚瞥见的,像军营似的病房。中庭晒着衣服的这种凹字型病房,看来年代已久;蜜眺望着这景象,不知不觉心情又沉重起来。

为什么在这栋病房中,空荡荡的连个人影也没有?房间是用玻璃板围起来的,玻璃板后面铺有六帖大小的榻榻米被阳光照射着。

"这里是你的房间。"

修女指的那个房间里,窗下有张小桌子,桌下放着一个洋娃娃;那个洋娃娃,还有挂在窗上的粉红色手帕,都让蜜感到悲伤。

"同房间的是加纳小姐,她是两年前入院的……从今天开始的日课,你就向她请教吧。有什么困难随时都可以找我……只有意志是疾病侵犯不了的。"

然后,她用手指玩弄腰间的黑色数珠,微笑着。

"对了,我还没告诉你我的名字。我是山形修女,这位是稻村修女。"

修女放下皮箱走了之后,蜜侧身坐下,低下头来……

终于来了。这里是……医院!在下雨的午后,空荡荡的连个人影也没有,好像是大家都回去了的工厂。

可是,这里和工厂不一样,是麻风病医院。蜜既然已经来到这里,那么从今天起自己真的是成了麻风病人了!刚刚拿大学医院的介绍信给修女们看时,蜜已完全明白了。要不是麻风病,那些修女也不会把蜜安排在这个房间。

脚步声从寂静的走廊那一端传来,停在房间前面,蜜发现有一个年轻的女孩站在那儿。

那个女孩的脸上,好像发烧似的红红的;不只是这样,还肿着呢!而且,她的皮肤上有一种无法形容的光泽。蜜坐着仰望她,女孩站在走廊上俯视着蜜,两人之间静默了好一阵子。

"是入院的?"

"嗯!"

"这个房间……是和我一起住,我的名字是加纳妙子……你呢……"

"森田蜜。"

妙子收拾起晒在窗边的粉红色手帕,打开房间的壁橱。

"我用这个壁橱的下层,你只要把里头的东西整理整理,上层就归你使用了。棉被寄来了吗?"

蜜没带棉被来,妙子对摇摇头的蜜说,那就去拜托稻村修女好了。

"你……讨厌跟我在一起?因为……"妙子难过地说,"你还是普通情况,而我……病菌已经蔓延到面部神经了。"

"你发烧吗?"

"这不是发烧,脸红红的是因为疾病的关系。对不起,让你感到不舒服……"

"不!"

蜜摇摇头。窗对面的病房,可能有人回来了,听得到收音机的声音。收音机似乎在转播歌唱比赛,在手风琴的伴奏和男性的歌声唱完之后,听到播音员说"好可惜呀!"的讥笑声。

蜜似乎是现在才意识到今天是星期日。她想起两星期前的星期日,自己还在宿舍听这节目。那时的她对手腕上的痣根本就不放在心上。

"你的家乡是在哪里?"

"川越……不过,我一直在东京的工厂工作。"

"我的家乡在京都。那时候,想都没想过会生这种病。"

妙子笑了,僵硬的嘴巴歪向一旁。

"不过……你很快就会习惯这里的生活。对了!对了!我必须告诉你这儿的日课……"

所谓日课是早上六点起床,吃完饭后到中午为止,有医生诊察和治疗。诊察结束后,症状轻的男患者去田里工作,女患者就在诊疗所帮忙,或者是刺绣。午饭后,从两点工作到五点,然后就是自由活动时间。

"每个月放映一次电影。"

"真的?"

"是从御殿场租来片子。不过,不要期望太高,有时候一下雨,就连有声电影也听不太清楚。"

"其他呢……"

"此外就没有了……我想你会习惯的。最重要的是,大家都患同样的病,所以不必有太多的顾忌。"

患者们似乎回来了,走廊下的脚步声变得嘈杂起来,妙子突然站起来关上房门。

"把这里关上吧!"

在各色各样的患者当中,有容貌变形得很厉害、很难看的,妙子不希望第一天就让对丑陋的脸尚未看习惯的蜜受到太大的打击。

"也可以在这儿吃饭,你可能很累了吧?那就在这儿吃饭吧!"

像姐姐一样亲切的妙子说完之后,就站了起来。

"我去拿饭给你吃。"

说实话,蜜根本没胃口。虽然觉得这样对加纳妙子不太礼貌,但是,对脸肿着的她送来的饭菜,蜜还是恶心得连筷子都不想动。

蜜的心情,好像被敏感的妙子感知到了;妙子稍含悲伤地看了蜜一眼,然后轻轻地走出房间。蜜又低下头来,注视着被太阳晒黑的榻榻米上的一点。走廊那边传来一个声音:

"田中小姐,不行呀!"

没多久门开了……令蜜意外的是出现在门口的是山形修女。

"森田小姐,怎么样?情绪稳定下来了吗?饭给你拿来了。"

修女送来的铝制盘子上有一碗饭,一份煮鱼,还有少许汤。

"妙子小姐呢?"

"妙子小姐和大家一起吃……你不必在意。她并不是不高兴,而是希望今天让你一个人慢慢地吃,所以才去告诉我的。好了!快吃吧!不吃是不行的。要有勇气,在这里大家都非战斗不可,这里是和自己战斗的地方。"

山形修女的表情非常严肃。

"大家一起分享着相同的命运。不只是命运,连痛苦、难过也都一起分享。就拿妙子来说,她两年前从京都来入院时,也和你一样连饭都不吃。你猜她在京都是做什么的?她是弹钢琴的呢!"

"……"

"是钢琴家呀！还举办过两次演奏会,甚至也有了结婚的对象……然后才病发的。这种病有的是先从手指的神经开始麻痹的,因此她不得不放弃钢琴。而已订了婚的男方,知道她是患了这种病后就离开她了。不过,她鼓起勇气一直战斗着,在这儿大家不战斗是不行的啊！"

然后,修女以稍微严厉的声音说：

"快吃吧！吃也是一种治疗呀！"

蜜强忍着恶心把煮过的鱼一口又一口地放入口中,平常不觉得难闻的鱼腥味一入口中,她不由得想吐。

"我不要吃了。"蜜的肩膀颤抖着,"吃不下了。"

"好,今天吃这些也不错了……那么,明天再多吃一点吧！"

修女像哄小孩似的,把铝制盘子拿出房间之后,再换加纳妙子回来。

"对不起！"

蜜双手放在膝上低下头来。伤了妙子的心,蜜感到很难过。她在心里嘀咕着：自己真的是不行的女人、坏女人。"没关系！我一开始也是那样子呀！这个啊……"妙子痉挛的脸上浮现微笑,"最初会碰到不好的脸色,我很清楚呀！我不是讽刺,其实,我自己住院的第一天也是那样……我了解的……那种心情。"

然后两人没再有什么交流。蜜打开旧皮箱缓缓地将少数内衣、几件毛线衣和裙子放进衣橱里。

不知哪里传来像是吹口哨的声音。

"那是什么?"

"那个啊,"妙子告诉她,"是山鸠呀！在树林中啼叫。"

"平常,你晚上做什么呢?"

"到别的房间,聊天或者听收音机……"

"对不起!"

"什么事?"

"因为我来了,所以才要陪我在一起吧！"

"你不用在意呀！"

昏暗的灯光下,蜜偷瞧加纳妙子浮肿的脸。灯光下看得到红肿消失了,可是,油亮亮的光泽比刚才更严重。

修女说她从前是弹钢琴的。弹钢琴的话,无疑的一定是哪里有钱人家的女儿。也有了结婚的对象。那时,她一定就像三浦真理子那么漂亮。她,现在却一个人孤零零地,在只能听到山鸠叫声的医院生活。蜜想到这里完全忘了自己的遭遇,不知为何有股冲动想为妙子放声哭泣。

"对不起!"

蜜把两手放在膝盖上,低下头来。

"你……"妙子终于笑出来了,"真是个奇怪的人。"

可是,这时别的疑虑却袭击着蜜——不久的将来,自己的脸是否也会像加纳妙子般肿胀起来呢?蜜不由得转过脸去用手掩着面。

"睡觉吧!"

妙子对蜜的心理,似乎了如指掌。在两年前秋天的一个黄昏里,带着比现在这个女孩更绝望的心,找到这里来时的自己心情的变换,如今又在这个把头发梳成麻花辫、身上穿着粗布裙的女孩身上重现了。

妙子用已麻痹了一半的手铺上垫被,想起蜜说自己忘了带寝具来,于是走出房间,去找山形修女。

半小时后,两人枕并枕,躺在棉被中,可是身体却尽可能地分开。

在黑暗中,隔着树林,从别的病房传来微弱的呻吟声——那是重症患者痛苦的呻吟声。这种病既然是绝症,那么五年、七年之后,自己也会被安排到那栋病房和剧痛战斗。终有一天命运一定会到来的,而最后是医院后面长着青苔的小墓地等待着大家。

"你在哭吗？"

妙子问。

"嗯！"

"真正痛苦的不是身体。两年来，我总算体会到真正的痛苦是……忍受着没有人爱自己！"

可是，蜜不懂这段妙子似乎是说给她听的话。她用手抓着被角，计算着包围着医院的黑暗的深度。对了……她第一次知道原来黑暗之中也有声音，那不是雨落在杂树林的喧闹声，也不是山鸠的叫声。黑暗中的声音不同于静寂，跟静寂完全不同；只有被孤独逼迫得无路可退的人，才会在这样的夜，把心脏的鼓动声——听得那么清楚。

手腕上的痣(四)

一日又一日,同样地逝去……

刚开始的两天,蜜一直把自己关在房间,除了上厕所外,连一步也不踏出房门。走廊里要是有什么声响,她就紧张得身体发抖,好像快被追到的兔子,眼里露出恐惧的神态,眺望着发出声音的方位。

加纳妙子只问过她一次,要不要去散散步。

"不!"

蜜摇摇头。

"对不起!"

紧接着蜜道了歉。

"没关系。"

妙子悲伤地微笑着,点点头。

刚入院的患者,心理上会受到怎样的打击,修女们是很清楚的。但是，她们对患者绝对不会仅仅是表现出怜悯或同情的态度。

除了妙子或山形修女来送三餐之外，就没有人再多理会蜜。

只对新患者说些安慰的话，反而是有害的。得了这种疾病不只是跟病菌战斗，还要有强烈的活下去的意志，要有从绝望中站起来的勇气。这些不是他人所能给予的，非自己"创造"不可。这是医院对待新患者所采取的方针。

其他的患者，更不会对蜜投予同情的目光。因为在这里的每一个人，都曾经以同样的悲哀、同样的苦恼度过最初的一个礼拜。

蜜来医院之后的三天，每天都在下雨。

她早上醒过来时，加纳妙子早已叠好棉被、洗完脸到治疗室或作业场去了。蜜一个人躲在房里，一直听着雨拍打杂树林的叶子的声音。

听着雨声，在她小小的脑中，对从前的生活以及今后的生活，不知想过多少次。

像这时，蜜总会想起第一次遇到吉冈的那个星期日，像牛反刍似的，她不知回忆过多少次了。那天街上的风景，仍然一一如绘。

她从没想到,像大学生那样"伟大"的人,会寄信给她。当她把那封信给同室的阿好看,请她一起赴约时,阿好以微含嫉意的眼神对她说:

"你这个傻瓜!他不会把我们看在眼里的呀!反正,他一定会讥笑我们的。"

不过,那天下午,两人到下北泽车站时,大学生真的在那儿等着。

从看到他的那一瞬间起,蜜已喜欢上这个大学生了。好久以前从电影或娱乐杂志上,看到电影明星石滨朗穿着大学制服的模样时,蜜就会不由得感叹:

"好帅!"

跟所有的女孩一样,蜜对恋爱充满着憧憬。当口中哼着流行歌曲时,在梳着麻花辫的脑袋中就不断地描绘着自己和大学生在白杨街树的路上散步的场景。那该是多令人高兴的事!

因此,当她和吉冈走在街上时,心中充满着喜悦与不安。能跟大学生走在一起,感觉上自己就好像是演石滨朗对手戏的若山节子。可是当她想起自己穿着廉价的裙子和旧了的鞋子时,又会感到不安。心想穿着这样的东西,是否会让对方讨厌呢?

蜜站起来打开窗子,从前面一栋病房的窗户里看到山形修女正在帮着拄着拐杖的患者走动。灰暗的天空中雨继续下着,不停地下着。

雨……雨,看到雨就不由得想起涩谷旅馆发生的事。那时,蜜觉得吉冈好可怜,看到患小儿麻痹右手疼痛的吉冈,因自己而露出那寂寞的表情时,胸口就感到一阵疼痛。她不喜欢去那种旅馆,可是要是不去,自己就是让吉冈更寂寞的、令人讨厌的女孩了。还记得那天也下着雨,从旅馆的窗子看到斜坡路上,有个女人无精打采地拖曳着步子。

此外,还有一件悲伤的回忆——那是到吉冈的御茶水公寓去找他,结果没见到面的那个黄昏的事。蜜蹒跚地登上骏河台的斜坡,绝望地到处寻找吉冈,心想吉冈会不会混在斜坡路上的学生群中?就是那时候,第一次体悟到他讨厌自己。

蜜歪着身子坐在榻榻米上,回忆着这些往事,又像小孩子似的哭了起来。不只是今天,每当内心回忆起走在那骏河台斜坡路上的往事时,她就会因为觉得自己好可怜、好凄惨而哭泣。

流了眼泪,抽噎了一阵子之后蜜的心情好了一些。

门开了,加纳妙子走了进来。

她用稍含无奈的目光,看着哭泣的蜜。

"天空稍微亮了些,说不定会放晴。"

蜜转过身来,发现昨晚在微弱灯光下没看清楚的加纳妙子的嘴唇是歪向左边的。她的脸就像被烫伤过似的,皮肤扭曲得连光泽都变了。

"稍微好一点了吗?"

"……"

"我和你一样……入院后的第一个星期,也和你一样一直躲在房里……怕见到人,也不愿意见到人。心里想的净是健康时候的快乐往事……森田小姐,你现在是不是也是这样?"

蜜低着头没有回答。连自己内心深处都被看穿了——想到这里蜜更是难过。

"我本来是想当钢琴家的。"

妙子在蜜的旁边坐下,突然小声地说,然后注视自己的手指。

"那时候我非常用功……几乎整天都没离开过钢琴。还记得正好是第一次独奏会,本来打算独奏会时穿露肩的晚礼服。在这之前妈妈发现我的手腕上有红色的斑点,就带我到京大的附属医院去检查。"

这时,妙子好像在说些可笑事似的微笑着。

"这一检查,一切美梦都变成幻影了!"

"变成幻影?"

蜜眼睛睁得大大的。

"……母亲和医生在走廊谈了很久。从走廊回来的母亲,脸上苍白得很,而我什么也不知道,还若无其事地问:几天可以治好呢?"

蜜突然想起昨夜,床铺并在一起躺下休息,听着雨滴拍打杂树林的喧闹声时,加纳妙子无意中说出的话。

(真正痛苦的不是身体。两年来,我总算体会到真正的痛苦是……忍受着没有人爱自己!)

"你有恋人吗?"

蜜想到吉冈的事于是问妙子。

"是的,曾经有过!"那一瞬间,妙子的脸变得阴沉沉,"这也是没办法的事。无论是谁,都不会跟患了这种病的女人结婚的,我没有权利恨他或责怪他。"

"……"

"不过,森田小姐,我们已经习惯了不幸。不! 不是习惯。而是这种生活有欢笑也有喜悦。我并不认为现在的自己,是在被社会遗弃的地方;我认为是来到了跟一般社会不同的世界。这里拒绝了一般社会的喜悦和幸福,可是……在这里也可以发现一般社会那儿所没有的意义。"

加纳妙子用手掌按在红肿的脸颊上,好像不是说给蜜听,而是自言自语。

"两星期过后,你也会逐渐产生勇气的,不拿出勇气是不行。"

第四天,好像从洞中畏畏缩缩地窥伺外头动静后才跑出来的小动物般,蜜由妙子陪伴着到病房外边来了。

连续下了三天的雨总算停了,这是个树林的上空有乳白色的云飘动着的日子。

病房外面,响起患者们的声音。

"他们在做什么呢?"

蜜问妙子。

"啊!那个呀!大家都聚在鸡舍旁,走!去看看?"

蜜跟在妙子背后,悄悄地走向鸡舍。

患者们在这里的工作是养鸡。他们的疾病不在保险范围内,光靠政府给的补助根本无法维持生活,因此,修女们最重要的工作之一是向热心人士募捐。当然,这样子也还是不够,所以症状轻的男患者,负责的工作是养鸡或农耕;女患者就刺绣以换取金钱。

鸡舍是旧仓库改建的。

蜜的眼前大约有十个左右的男女患者聚在鸡舍旁。

"中野先生,加油呀!"

"喂!逃到右边去了。"

大家在帮着名叫中野的中年大叔加油。

有五六只小鸡从鸡舍逃了出来,中野先生是负责养小鸡的人,因此拼命地要把小鸡抓回来。然而,手指已麻痹了的这位中年人,好不容易才靠近小鸡,眼看着手一伸出去就可抓到时,小鸡又很灵活地一下子从他的手指间溜走了。

叽、叽。

叽、叽。

"大叔,小鸡在后面呀!"

"这样不行呀!中野先生要定好目标呀!"

被大家这么嘲弄着,中野先生满脸通红,边擦着汗说:

"好!这些小鸡竟然捉弄起大人来了呀!"

他气呼呼地一下子跑向右边,一下子手向左边抓。

中野先生的脸也和妙子一样肿着。患者当中,有头上用绷带包着的男人,也有戴着眼罩的女人。

妙子和蜜走近时,大家都以笑容相迎。

"加纳小姐,现在是中野大叔和小鸡的马戏表演。"

"哦!"妙子笑了,"我来介绍,这是三天前新来的森田小姐。"

妙子微笑着把蜜介绍给大家认识。

"今天总算能到外面来了呢。"

"恭喜你!"

有人这么一说,其他的患者也都高兴地笑出声来。蜜因为羞耻和悲伤,眼睛直往地面瞧。

"你呀!不是躺在房间哭了两星期吗?"

"哼!今井还是一个月之后才出来的呢!所以森田小姐算是很快的了。"

大家互相谈论着自己的经验。蜜在大家微笑的包围中,也逐渐有了笑容。

"看!森田小姐的心情也开朗起来了。"

头上包着绷带,嘴唇往右翘起的男患者,用手指指着蜜的脸,大家又发出了一阵笑声。

"啊!蜜,你出来了。"

不知什么时候,山形修女已来到蜜背后,一边用手指玩弄着挂在修道服腰间的黑色数珠一边说道:

"心情总算好了。没问题的,很快就会有好多好朋友了……趁现在心情好,跟我一起到医疗室吧!要做一些精密检查。"

"妙子小姐!"

蜜回过头来看着加纳妙子,像妹妹拜托姐姐似的小声说。

"你能跟我一起去吗?"

"森田小姐……好会撒娇呀!"

妙子听见这个渐渐开始信任自己的女孩的要求,觉得非常高兴。

病房的一边有医疗室,隔壁房间是温浴治疗室——把手脚浸入温度相当高的热水中,可以使麻痹了的手脚稍微能恢复些活动能力。

医疗室中,戴着眼镜的老医生一个人面对着桌子,不知在病历卡上写些什么。

"这是森田蜜小姐。"

跟着蜜来的山形修女说了后,医生点点头,很亲切地笑了。

"怎么样?习惯医院的生活了吗?"

医生亲切地把坐着的旋转椅子转过来。

"现在要用叫作光田式反应的方法,检查看看你的病到什么程度了。要抽一点血,痛一下就不痛了,放心好了!"

医生抓起蜜的手,眼光落在那黑褐色的痣上。

医生注视了很久,总算从他的口中发出既非叹息也不是叹气的声音。

"哦……"

在东京的大学医院,蜜的这颗痣,也被许多医生好像要看穿似的瞧了很久。那些医生也和这位老先生一样,发出"哦!"的声音,然后也和现在的医生一样,歪着头,把旋转椅转向桌前,在病历卡上不知写些什么。蜜对一切全死了心,在诊察床上坐下。

抽了两细颈瓶的血,医生用听诊器在蜜的胸前和背部诊察后,蜜就走出医疗室来到走廊。

"怎么样了?"

加纳妙子有点担心似的,靠在墙壁上等着她。

医生叫住山形修女,小声地说明情况,山形修女不时地把视线投向站在走廊上的蜜。要是在一个月以前,光是这样也足以让蜜小小的心因为感到恐怖、不安而颤抖了。可是,现在她的心连跳动的力气都没有了。自己既已掉落到不幸的深渊底层,不可能再往下摔了,这种绝望和痛苦的无力感,占据了蜜整个心间。

一星期过后,因为蜜是轻症患者,总算可以进入餐厅了。

女患者做的工作中,加纳妙子建议蜜学刺绣。蜜的手指神经尚未麻痹,可以和健康人一样拿针。听妙子说手指开始弯曲的女患者,只能使用手掌操纵的特别的针来刺绣。

这种工作也可以在自己的房间做,所以蜜在妙子的教导下,看着富士山和山中湖的图案,开始一针一针地绣起来了。

"你绣得很好呀!"

山形修女有时会进来房间,宽心似的和她打着招呼。

午后温柔的阳光照入房里,尤其是雨刚停的今天,让人精神更觉得舒服。蜜边移动着绣针,边注视着那光线,发现如今的自己,虽然只是少许,却已逐渐开始投入这里的生活了。

"森田小姐入院前,在哪儿工作过?"

被山形修女这么一问,蜜的脸红起来了,回答修女她在工厂、弹子机店,最后还在酒吧工作过。

"哦!"修女点点头,"这里聚集了各色各样的人。昨天追赶小鸡的中野先生,他曾经是静冈大西服店的老板;而戴着眼罩的女人,原来是长野地方的人,是有两个孩子的太太。大家各有不同的过去和生活,而现在由于同样的不幸和悲哀,大家聚集在一起。森田小姐你能明白吗?"

"……"

"这种病并不是因为它是疾病而令人不幸,而是因为患了这种病的人,跟别的病患不同;他们会被到目前为止一直爱着自己的家人、丈夫、情人和孩子所抛弃,必须过着孤独的生活,所以才是不幸的。不过,不幸的人之间,彼此会因不幸而结合在一起,在这儿大家分享着彼此的痛苦和悲伤。前些日子,当你第一次走到室外时,你知道大家是以什么目光迎接你的吗?因为大家都有过相同的经历,所以都期待着你能够早一天投入共同的生活。像那种情形,是一般社会里见不到的呀!即使是这样,就看你的想法如何了。在这儿其实也可以寻找到别的幸福。"

蜜没有回答,但是她很认真地听着山形修女所说的话。到今天为止,她从没有听过这样的话,当然,她的小脑袋无法完全理解山形修女所说的话。不过她一直是一个自己虽然不幸,但每看到他人也遭遇不幸时,依然毫不犹豫想伸出手去帮助别人的女孩!而现在,当她从修女那儿听到其他的患者热烈欢迎自己时,她高兴得眼里含着泪,甚至于觉得厌恶他们、对他们丑陋的容貌感到可怕的自己,实在是个很坏的人。

"我说……"

蜜把绣针和布放在膝上,她觉得那些患者好可怜而为他们难过,甚至于忘了自己也患着同样的病。她问山形修女:

"他们都是好人,为什么要受这种苦?这么好的人,为什么会遭遇到这么悲惨的命运?"

"我也每晚都想着这个问题呀!"山形修女注视着蜜的眼

睛,"在睡不着的晚上想着:这个社会里心地善良的人,却遭遇到不幸的命运,或罹患痛苦的疾病。神为什么给他们那样的试炼?在这医院里,有许多心地善良得令人吃惊的患者,在普通社会生活的日子里,他们连一件坏事也没做过。尽管如此,为什么偏偏让这些人患这种病,被家人抛弃,非让他们流泪不可呢?像这种时候,我对自己所信仰的神,也会产生无法理解的念头……不过,以后你的想法会改变的,这种不幸和眼泪绝不会是毫无意义的,一定有大的意义存在……"

"是这样子吗?"

蜜茫然地眺望着洒落窗上的阳光叹了口气。她想着自己的事,到今天为止自己从未对别人做过什么坏事。川越的父亲带回新的妻子时,蜜觉得自己在家是个累赘,于是就只身到东京工作。在工厂里拼命地、尽责地做药包的包装工作。尽管喜欢吉冈,为了不增添他的麻烦,也忍着悲哀离开了他。尽管如此,自己仍患了这么凄惨的疾病。到目前为止,自己做的都是一些吃亏的事呀!蜜心想这是自己傻,怨不得别人。可是山形修女却说有"大的意义"。

蜜手上拿着已完成的刺绣品走出病房,她想把刺绣拿给在工作室的加纳妙子看。

桦树和七叶树的上空,有白云飘荡;在茂密的枝叶当中,有小鸟叫着,还能听到远处传来的狗吠声。

蜜望着白云,突然不想去作业场了。看看四周的环境,确定没有其他的患者,也看不到修女的影子时,她迅速地闪入没有道路的树林里。

她还没有勇气逃出这医院,但是她想走出围绕在这家医院的杂树林,再一次闻一闻一般的人生的味道;对了,是那个被这里的患者称为"人世间"的世界——那十天之前,自己还生活着的世界,那令人怀念的气息。在那世界里,今天吉冈还在上着班。在川崎车站前最后遇到他时,吉冈已经在一家公司上班了。她想回到他工作着的世界看看,即使只有一分钟也好。

雨停之后已经过了一星期,可是杂树林中仍然湿湿的。潮湿的地面,散发出青草味,脚下是淡紫色的吊钟草花和红色的金钱草花。

从树干之间,看得到男性轻症患者工作的旱田。正在赶牛的两个患者当中,头上包着绷带的是渡边先生。上次小鸡逃走时,他为了逗蜜笑出来,帮忙中野先生抓鸡时拼命地假装抓不到。渡边先生还没发现到蜜躲在树林中。

长着黄色翅膀,不知名的小鸟,在枝间跳跃,沙哑的啭叫声此起彼落。有一只苍蝇一直追着蜜。

好静!

要不是看得到前面灰色的病房,没有人会知道这儿是麻风病医院。蜜把身体靠在树干上,尽情地享受树林的气息,视线随意扫过草丛。

忽然,掩藏在草丛里的两列墓石映入蜜的眼中。有两三个看来还算新的墓石,其他的因长年暴露在雨和泥水中,都变成黑色逐渐长出了青苔。

昭和二十一年五月逝世,井口荣治……

昭和十六年九月逝世,奥古斯丁·田村……

昭和二十年七月逝世,杉村良子……

刚开始蜜还没察觉到长眠在两列墓石底下的就是这儿的患者。

没多久,当她明白过来时,不由得用右手抓紧树干,把已经到喉咙的声音硬吞了下去。她小小的脑袋中,现在总算明白了:这种疾病会给自己带来死亡。那时候,自己也会被埋在这阴暗的杂树林里。

蜜踩过草丛里的金钱草,跑到外面来。

树林的尽头,跟白色的巴士道路是相通的。她停下来休息喘口气,那心情就和看到了不该看的东西一样。现在她明白了,医院的患者为什么不靠近那片树林;还有为什么每天晚上,都能听到树林里传来雨水滴落的声响。

(啊!这里是巴士行驶的公路。)

巴士的公路,在田里笔直地往御殿场的方向延伸着,远处有一辆卡车在行驶,像龙卷风般一路把砂土高高卷起。四五个小学生,边拔着路旁的草边朝这边走过来。

这么平凡的风景,要是以前蜜根本不会在意;可是现在蜜就像在沙漠中发现泉水般,感到一阵清凉。这里是活人的世界,是没有麻风病气息的世界,是没有脸肿和唇歪的人的世界。

蜜好像要看穿一切似的,往稻田的前方、有白云飘荡的方向瞪大眼睛看着。

(那里是吉冈住着的东京!)

心里憋得慌地眺望着。

(吉冈!吉冈!)

有马粪和小石头落到蜜的脚底下来,那是朝着这边走来的小学生们丢的。

"你们搞什么?"

她不由得怒吼。

"癞病!"

"癞病不可以跑到马路上来！"

小学生们聚在稻田的一个角落上，举起握着石头的小手，好像合唱似的齐声叫着。

"森田小姐，请到医疗室来一下。"

慌慌张张地跑到走廊里的山形修女，从窗口叫着正在中庭晾衣服的蜜。

"又要检查？"

"不是的。"

山形修女的表情极为严肃。平常她的脸上总是带着微笑，就像姐姐看自己的妹妹般；而现在不知为什么，她用严肃的目光看着自己。

"总之，马上过来！"

蜜把被水沾湿的手擦干净，怀着忐忑不安的心跟在修女后面。

上次的检查，根据医生的说法，只是检查一下疾病的程度。现在看山形修女那严肃的表情，是不是检查的结果不妙呢？不祥的预感，像乌云般在蜜的胸中扩散着。

"森田小姐，你要去哪里？"

路过的患者看到蜜问她。

在将近两星期的生活当中,蜜已和许多轻症患者熟稔了,看着那些不成人样的脸和绷带,现在也不会觉得那么难过了。

"去医疗室。"

"哦!要开始注射了!"

原来是这么一回事!妙子每隔三天就要去注射一次,现在轮到自己了……想到这里,她稍微有些安心了。

山形修女在前头,先打开医疗室的门。

"请!"

她催促着蜜。

医生坐在旋转椅子上转过身来。

"啊!是森田小姐。"

医生的眼镜后面现出亲切的笑容。

"请坐在那里。"

医生手指着诊察床,注视着病历卡说:

"森田小姐。"

"嗯!"

"上次检查的结果出来了。"

蜜像是等待宣判似的,两手放在膝上,点点头。

"光田式反应是用来检查这种疾病的程度……你的情况,得出了意外的结果。"

"……"

"你不是麻风病患者!"

"咦?"

"你不是麻风病!为了慎重起见,我们检查了三次,反应结果都是零。让你受苦了!"

医生眼镜后面的眼睛直眨着。

"我替大学医院的误诊,向你表示深深的歉意。"

蜜脑中一片混乱,眼前的景物像云般不断扩大,要不是山形修女从后面扶着,她一定会倒下去。

医生没说话,山形修女也静默着。

总算出现了一个小小的声音。

是蜜哭出来了,她用手遮掩着脸,慢慢地越哭越大声,止不住地哭着。

"没关系!没关系!"山形修女拍着蜜的肩膀,"大声地哭吧!很难过吧!一定很难过吧!"

手腕上的痣(五)

在山形修女的搀扶下,蜜从诊疗室走到走廊里。阳光从窗户照射进来,在走廊的木板上形成条纹的图案。

"不要紧了吗?"

"嗯!"

"没问题吗?我的手要放开了哦!"

蜜一个人站在走廊上,眼前一片昏暗,可是等到眩晕的感觉消失之后,突然,奔流似的欢喜自心底涌上嘴角。

这种感觉如梦一样遥远、难捉摸。蜜靠在走廊的墙壁上,真实感逐渐涌到五体;而奇妙的是,自己不知该如何处理这种真实感和喜悦。

"啊!"

口中发出惨叫声,她抓着自己的头发,突然转过身去。

"森田小姐!"

山形修女吓了一跳。

"森田小姐,振作点!"

"……"

"振作点!"

蜜又再次哭出声来了,诊疗室四周起了她哭泣的回声。

(我没病,我没生病!)

蜜摆脱山形修女的手,在走廊上跑了起来。对面拄着拐杖的患者,看到蜜迎面跑过来吓得站住了。病房外耀眼的阳光照在她的额头,蜜使劲地伸展五体,把阳光和清爽的空气尽情地吸入胸中。到目前为止,她从未体会到活着、没有病是如此的美好;也不知道阳光是这么漂亮,空气的味道是这么甜美!

(吉冈!)

在病房的前方,杂树林高高的树梢上是蓝天,蓝天上有白云飘荡着。

(我又可以再见到吉冈了!)

我又可以再见到吉冈了。原本以为这辈子再也见不到他了,现在可以再见到他了。又可以和特地跑到川崎来找自己的吉冈说,希望以后再交往了。现在既然自己没病,当然可以大大方方地去见他。一个念头接一个念头,好像零件从工厂的输送带送出似的,在蜜心中一一闪过。

山形修女困惑地注视着蜜。因为到目前为止,从未有过因误诊而入院的患者。如何处理才好呢?连修女也拿不定主意,于是小心翼翼地问:

"森田小姐,你要马上整理行李吗?"

"咦?"

"你……已不是患者了,因此可以出院了。你要马上收拾行李吗?"

蜜大大地点头,希望早一秒钟从这世界——只有扭曲的手指、肿胀的脸的世界逃走。逃离下雨的夜晚也会发出令人颤抖的喧闹声的杂树林,还有传出重症患者的呻吟声的建筑物……离得远远的。

"我不会再来了。"

她像是说给自己听似的自言自语着。山形修女的表情有点悲哀。

"那当然!没有再回来的必要了。很可惜不能再见到你了……这是当然的,不过……你会写信给我吗?"

"嗯!"

"如果你想搭中午的火车,不快一点就来不及了。"

"下一班呢?"

"接下来两点、三点都有火车,不过开往车站的巴士并不多。"

要是搭两点的火车,还有充分的时间。搭火车回到东京之后,住哪里？做什么工作？蜜全无头绪……不过现在还是喜悦大于不安的。

患者们逐渐聚拢过来,蜜出院的消息,似乎已开始在他们敏感的耳中传开了。

"森田小姐,听说你要出院了？"

那天追着小鸡的中野先生拖曳着脚步,走到蜜身旁来。

"真太好了！"

"嗯！"蜜率直地点点头,"谢谢！"

"一宣布可以出院,就不想继续待在这里了！"

"可是,以后怎么办呢？我还担心着呢！"

"总有办法的,外面的世界再怎么说,也胜过这里呀！"

中野先生说着,眼光落到自己扭曲的手指上,露出寂寞的笑容。

那时,蜜发现有几道目光,透过病房的窗户注视着自己。多令人心痛！

那些是女患者的眼睛,她们从窗户的小缝隙中,用和今天早上完全不同的复杂表情,偷偷地看着蜜。

蜜甚至可以从那些目光中感受到羡慕和敌意。当蜜回过头来的那一瞬间,有人用力关上窗户,发出巨大声响;也有人马上站起来离开窗旁。她们无法理解,也不允许蜜拥有自己所没有的幸福。

不过,其中也有像中野先生那样,寂寞地凝视着蜜的年老患者;无奈和对命运的逆来顺受,刻画在他们皱纹深深的脸上。

"好了,快回房间准备吧!"

山形修女感受到病房内那微妙的气氛,想赶快把蜜带离这地方。

回到房间,加纳妙子在从窗户泄入的阳光中做着刺绣,觉察到蜜的脚步声,于是抬起头来。

"恭喜你!真是太好了!"

妙子拼命地挤出笑容祝福蜜出院,可是她的笑容越是明显,就更使人感受到那隐藏在笑容后面的难过与悲伤。

"真不好意思!"

蜜侧坐在榻榻米上,不由得叹气。

"什么事……"

"我总觉得这样出去不太好。"

"你呀!真是傻瓜!"妙子提高嗓门说,"你这种操心有意义吗？我们有我们的命运，羡慕或嫉妒你是我们的不对。这种地方，只要是正常人，无论是谁，连一天都不想多待的，这是理所当然的。好了！快整理行李吧！"

被催促后，蜜打开衣橱，拿下旧皮箱。其实说到整理行李，也不过是把几件内衣裤和洋装塞进这旧皮箱而已。

"喂！"

"什么事？"

"我想把这个……"

加纳妙子打开自己的抽屉，拿出一只银色的戒指。

"给你！"

"给我？"蜜眼睛睁得大大的，"给我？"

"是的！"

"为什么要给我这样的东西？"

"反正，"妙子现出哀伤的微笑，"这个对我来说已没有意义了。本来打算在第一次个人演奏会时，戴着它出场；现在……这只戒指，对生病的我已经没用了。最主要的是，戴戒指的手指，已经扭曲成这样了。"

妙子视线落在自己那因为麻痹而弯曲的手指上，蜜不由得把视线从微弱阳光照射下她的身上移开。

"拿去吧！要是你不讨厌的话。"

"不是讨厌……我……这么昂贵的东西……这戒指很贵吧?"

"戴上吧!"

"真的?真的要给我?"

妙子点点头,把戒指放在边缘已有损伤的旧皮箱上。

蜜把内衣裤和毛线衣放进旧皮箱后,已无事可做。时刻已近晌午,在工作室和田里工作的患者们快回来了吧!今天也和昨天、前天一样,这病房里面每天的作息仍然继续着。不论是哪个的世界,人都不得不过着贫乏、单调的日常生活。而当这些结束时,只有杂树林中被泥水溅脏的墓地等待着大家。

"要回去了吗?"

"嗯!"

两人相互注视着站起身来。

"我不送了。送别,会令人难过。"

"好……"

一手提着皮箱的蜜,停在房间的门槛上,小声说:

"再见!"

"再见!"

加纳妙子转过身子,背向门口,可是她的背在震颤着。她是否在哭泣呢?蜜的心里也感到了疼痛。

蜜来这里的那天下着毛毛细雨,而现在和那时一样一只手提着旧皮箱走出病房。天空也和她此刻的心情一样——是晴朗的。

从病房去巴士车道的路两侧的洋槐叶子被风吹翻了面,发出银色的光辉。从这里能听到栗树林后小河的潺潺流水声,上一次蜜就是蹲在栗树林前时,被修女们发现的。

越过小河,她又再一次回过头往病院的方向眺望。如果小河是一般社会和那悲惨病院的边界线;那么,现在,蜜又可以重新再踏入自由的世界了。

病院那边没有任何声音传来,一缕黑烟从修女们住的宿舍的烟囱升上蓝天。然而在那寂静的世界里面,蜜知道有什么模样的人活着,过着何种生活。蜜也了解那种痛苦,以及寝不成眠的晚上!

(不过……现在都和我无关了!)

把皮箱往巴士停靠站的地面上放下,她故意不往医院的方向看。因为有两个一起等巴士的农妇,正以充满好奇心的眼神,上下打量着蜜。

(不要这样看我,我不是从那医院出来的。)蜜在内心呐喊着。(不要以为我是那里的患者,我没生病,要是不相信去问问看好了。)

可是，这时蜜的眼前浮现出背对着自己，肩膀震颤着，强忍着不哭出来的加纳妙子的影子。

也浮现出以充满羡慕和嫉妒的眼神，从只打开一小细缝的窗户，眺望着自己的几个女患者的脸。

到昨天为止，那些人都很亲切地和自己交谈，还教自己刺绣。

蜜感觉像是背叛了她们似的，胸中感到疼痛。（我是个坏女孩……）

在巴士到来之前，蜜低着头，用鞋尖不停地蹭着地面。

巴士抵达御殿场的车站了。耀眼的午后阳光，照射着广场四周的土特产店；店员正忙着用掸子拍打那些排列在店头的竹子工艺品和力饼①上的灰尘。银色的巴士缓缓地从土特产店之间通过时，有电影海报的碎片飞过来。

蜜再一次深深地呼吸着又回到自己手中的世界的气息。车站的时钟的指针正好指着一点半。

"算了！不马上回东京也无所谓。"

即使回到东京，没有家人也没有房子；回川崎的酒吧，一

---

① 力饼：泛指吃了以后会让人力气大增的糕点，日本很多地方小吃都会用这种叫法。

想到那宿舍也真令人难过。纵使说明自己没病,经理和那些女服务生,也不见得一定会相信的。

手拿着皮箱,她徘徊在这陌生的御殿场的街上。化妆品店里陈列着各种美容乳液和白粉①;饮食店的脏玻璃窗中,陈列着蜡制咖喱饭和中华面的样品。蜜贪婪地注视着这些从前连看也不看的、到处可见的东西;因为这些是她在只有消毒药和死亡气息的医院中,已经遗忘了的东西。

从唱片行传出的流行歌曲,是蜜喜欢的田端义夫唱的。

走近电影院,正上映的两部电影是大友柳太郎主演的《白假面城》和佐田启二主演的《阮是行船郎》。佐田启二并不是蜜喜欢的影星,但已经好久没看电影的蜜,在售票口急不可待地从钱包里掏出钱来。

在充满厕所臭味的电影院内,观众寥寥无几,银幕上泛白的画面流动着。蜜嘴里嚼着从商店买来的花生,不时地叹着气。在观众稀少的电影院内,女观众带来的婴儿哭了起来,还有小孩子站在放映机前,试着把自己的手放大映在银幕上。

---

① 白粉:一种化妆品,使皮肤看上去白皙的化妆粉。7世纪左右由中国传入日本,在传统妆容和传统舞台表演中经常被使用。通常大面积覆盖到胸前和背部,可参见歌舞伎演员的化妆。

走出电影院时,午后的阳光已逐渐减弱。从前曾是驿站的这个小镇路面很窄,路上有阳光照射着。不知从谁家的二楼,传来练习三味线的声音。

回到车站,她问站务员下一班上行列车的时刻,站务员回答她四点四十八分有一班慢车。

蜜把皮箱放在车站内的长条椅子上,人坐在皮箱旁边。头上戴着斗笠,手里拿着金刚杖的一群年轻人像是刚从山上下来。他们正看着时刻表,满脸倦容。

(那天遇见的是否也是这群人?)

虽然只是三个星期之前的事,可是现在想来却如梦幻般的遥远。那天到达御殿场是已过午的时候,下着哀伤的毛毛雨。同样是要登山的年轻人,一直担心着气候不好呢!给自己牛奶糖的那个女孩,那个一开始就以为自己是本地人的女孩。

(那时候……真是讨厌……)

蜜不知道还有许多形容词可以用来表达痛苦,因此就连那时候像是被推入地狱的痛苦,也只会说:

(好讨厌啊!)

她一直注视着手上黑褐色的痣。想起第一次到大学医院那天,中庭里有一只被雨淋湿了的猫。也想起在从医院到新宿的路上,不知往后该如何生活下去,拖曳着脚步的自己。

(为什么我要承受那样的苦呢?)

为什么只有自己要承受这样的痛苦呢?山形修女说无论是怎样的苦,都有它的意义!可是,在蜜小小的脑袋中,是不懂得这些道理的。

对面下行的货物列车进站了,黑色的车厢上,用白色粉笔写着醒目的"停"和"隔开"。

站务员边走边用铁条敲打车厢。

"那不是蜜吗?蜜!"

无意中被人叫了一声,蜜吓了一跳回过头来一看,有一个系着头巾的年轻女孩对自己笑着;从肩部往下露出被晒成褐色的手臂,一只手还拎着高尔夫球袋子。

"蜜!你忘了我了吗?怎么了,发什么呆呀?"

不是蜜呆呆地看着,她一眼就认出对方是三浦真理子。可是,不知为什么,她连一句话都说不出来……

"喂!怎么了?"

"啊……是三浦小姐。"

"哎呀!总算认出来了。"

蜜又想起:那天,在新宿拥挤的人潮中她看到真理子,又故意避开她、躲开她的痛苦心情。再没有比那时的自己更了解,自己和她之间有着如何无法超越的距离。

"我陪伯父到河口湖兜风。刚刚从车中往这边瞧,看到你好高兴。现在在哪里上班?还在东京吗?"

脸上充满着怀念的表情,三浦真理子接二连三地问着。

"你们好坏呀!你,还有阿好,信也不给我写一封,我还以为你已经结婚了呢……"

蜜脸上现出微弱的笑容摇摇头。不知为什么她感到身心俱疲,几乎连回答三浦真理子的力气都没有。

"三浦小姐,你怎么样了?我一直以为你已经嫁人了。"

"还没有,不过……"

真理子露出喜悦的表情。

"总算找到了对象,不简单吧!"

"哦……"

"是公司的同事,我们是平凡的职场恋爱。"

停在车站前的汽车那边,传来催促真理子的喇叭声。

"对不起,那就再见了,好好保重呀!"

蜜注视着三浦真理子解下头巾钻进车里,离开了车站前。蜜毫不羡慕真理子,只是茫然地感到:自己生活的世界和她的世界,是天生不同的。

车站内的乘客突然增加了。上行的列车是否快到站了?

检票口拿着金刚杖的两三个乘客,也排起队来了。

一个和蜜一样梳着麻花辫的当地女孩,提着皮箱站在她的后面。来送行的是像是她母亲的中年女人和像是弟弟的小男孩,小男孩在她的旁边不安地东张西望。

"不要把车票弄丢了哟!"

"嗯!"

"那边的地址放在口袋了吧!"

不论女孩点多少次头,母亲还是不放心地一会儿解开包袱巾看看,一会儿又系起来。

"记住了吧?要记得给叔叔寄明信片啊。"

"知道了。"

女孩的脸颊红得像苹果,一定是刚从初中毕业,要到东京找工作的。

蜜想起自己第一次上东京时的事:在车站搭火车时,来送行的婶婶,也同样地一会儿解开蜜的包袱巾,一会儿又系起来。也跟这位母亲一样,一直到火车进站为止,反复地嘱咐她不要把车票给掉了啦,不要忘掉地址啦……

(这个女孩会在东京的哪里上班呢?)

蜜知道,这个女孩今后在东京会过着什么样的生活——为了不被人嘲笑是乡下人,她会拼命地想往上爬,每天对自己的一举一动都会战战兢兢。每周一次休息时,到新宿或涩谷玩都一定会惊叹不已。晚上看着星空遥想弟妹……并且,从今天起,自己又要回到东京,又要过着和以往一样的孤单生活。

蜜想起川崎宿舍中,那又小又冷的房间。电灯没有了灯罩,每当灯泡摇晃时,房里就会映出暗暗的条纹;窗下臭水流过的路上,常有醉客在那儿撒尿。这个女孩要是身处那种环境,一定会想起故乡的家或母亲吧!然而,抛弃了家的蜜,连温暖的回忆也没有了;只能仰望天花板,把薄薄的棉被拉到下巴,瞪着摇来晃去的电灯影子罢了!

蜜现在知道得很清楚,纵使回到这普通的社会,还是得继续过着孤独的生活。还记得去年的大年夜,自己一个人像是被抛弃的猫一样,把冻僵的手放在火种稀少的火炉上烤,就这样过了一个晚上。电车开过的声音,使得用报纸塞住裂缝的玻璃窗轻轻地颤动。够了!对那样的生活已经受够了!(可是有什么办法呢?没有可去的地方……)

蜜多希望现在身旁能有人温暖自己的身体。不只是身体,还希望能有像母亲那样的人,可以偶尔让自己把每天都疲倦不堪的头,靠在对方的身上。好希望有人能聆听自己迟钝而又愚蠢的牢骚,还有看石滨朗的电影时可以一起大笑的朋友,而且那个朋友能一辈子在自己的身旁,永不分离。这世上真没有像这样,能让自己感到温暖的人吗?

她明明知道这是不可能的,但还是用眼睛追寻着车站内的人群。可是,没有人对这个提着皮箱、呆呆地站着的女孩多看一眼。匆忙的他们走近售票口,排在检票处,然后走出车站。

"往东京的上行普通列车,在第二月台马上……"

扩音器传来站务员抑扬顿挫的声音,缓缓吐出蒸汽的灰色火车头拉着陈旧的客车车厢驶进月台。

这是开往东京的客车。然而,东京和那藏在杂树林中的宿舍,又有哪里不一样呢?不管是新宿或川崎,人们都和这车站里的人一样忙碌、一样冷淡,都会毫不在意地从蜜的身旁经过吧!偶尔坐在隔壁的人,也会和那三浦真理子一样,不久也会把蜜给忘掉吧!

刚才那梳着麻花辫的女孩,从检票口朝客车跑过去。座位似乎还很空,她可能以为不用跑会搭不上车吧!她从正中央的窗户探出头来,对着弟弟不知在说些什么。

蜜靠在检票口,注视着那个女孩和母亲、弟弟的举动;那母亲从大钱包中拿出一张钞票给女孩。

通知马上要开车的铃响了。

（现在，跑过去就行了。现在，用跑的还是赶得上火车！）

内心有一种声音催促着蜜，但同时内心的另一角落却想着在雨中颤抖的杂树林和像军营似的病栋。在自己舍弃的那病房里，现在女患者们是否还在刺绣呢？或许加纳妙子一个人坐在那间病房里？蜜还想起自己出院时，那种憋得慌的心情，还有眼光一直注视着自己的她们的脸！

铃声停止了，短暂的沉默之后，火车发出钝重的声音开动了。从火车头喷出来的烟，缠绕着车厢，然后飘向月台。

蜜拿着皮箱走到车站外面，然后缓缓穿过广场，朝着巴士停靠站的方向走去……

"这不是森田小姐吗？"

山形修女眼睛睁得大大的，凝视着站在办公室玄关的蜜。

"咦？你没搭上火车？"

蜜脸上现出常见的那种讨好人的笑容。

"没有！"

蜜摇摇头。

"怎么了？"

山形修女接过蜜的旧皮箱，走入空无一人的会客室。红色的夕阳反射到玻璃窗上。

"到底是怎么回事呢?"

修女有点担心地看着眼前这个女孩的脸。

"我回来了!"

"啊?为什么?"

"为什么……"蜜有点难为情地,吞吞吐吐地寻找能表达现在自己心情的词汇。"为什么……"

蜜只是一个劲地用手指在桌面上写着些什么。

"反正到哪里……结果,都是一样的。"

"可是……这里是麻风病医院呀!是大家都害怕的麻风病患者住的地方呀!"

"我,已经……不怕了。刚开始时讨厌,不过现在已经习惯了!"

"不害怕了?可是,你不是患者呀!"山形修女露出为难的表情。

"这不是你住的地方。不是患者的人,你们有你们生活的世界,没有必要特地住在只有疾病和痛苦的地方呀!"

"可是,你自己还不是……住在这儿?"

这句话实在太天真了,因此修女吃惊地抬起头来。

"我……我们是修女……照顾病人,成为他们的朋友是我们这辈子的工作呀!"

"那……我也来照顾患者,我不可以在这里工作吗?"

"森田小姐,你不要开玩笑了!"

语气变得严肃起来的山形修女从椅子上站了起来。

"不可以因一时的感伤或临时起意,说出那样的话。偶尔也会有女学生说出类似的、多愁善感的要求;可是,等到她们到这医院来,看了患者们的样子,听到他们沙哑的声音后,却都吓得脸色发白地逃走了。"

"我已经听过那声音了。"

蜜把手交叉放在膝盖上露出笑容。她不知道为什么,现在山形修女会觉得自己"麻烦"。

"如果,我不可以留在这儿,那我就回去……"

"也不是不可以,可是……"

修女的表情显得很为难。

"不过你的父母亲……"

"我爸爸没问题的。我已经一个人独立生活很久了。"

"真是伤脑筋……好吧!那么今天晚上请再仔细考虑一下。你一定会了解到现在只是一时的情绪作祟,明天又会想回东京去的。懂了吗?"

蜜微笑着点点头。山形修女为什么把问题想得那么复杂呢?不过,总算答应她留在这医院一个晚上。既然有一个晚上,就会有两个晚上;有两个晚上,就会有一星期吧!

"加纳小姐……"

"什么?"

"妙子小姐在哪里呢?"

"啊!"山形修女站起来打开玻璃窗,"由于你走了,她显得很颓丧……刚刚还在田地那儿散步呢!"

"我可以去找她吗?"

"当然可以。"

蜜飞快地跑出会客室。穿过病房与病房间的中庭,沿着杂树林边缘的山坡就可以跑到田地。

几道夕阳的光束,从云间照射到树林和山坡。田里三个患者工作着的身影,如豆粒般大小。

蜜背对着夕阳的余晖,在杂树林边缘停住脚步。以前曾带着憎恨的心情,眺望过的这幅风景,现在却让蜜产生了仿佛回到故乡般的思念情怀。森田蜜斜靠在树林里的一棵树干上,心里咀嚼着那种情怀,仰望着夕阳的余晖……

我的手记(七)

我和三浦真理子是在第二年的九月下旬结婚的,地点是一向拥挤的明治纪念馆。

那是个星期日,天气晴朗,令人心情舒畅。各个学校似乎都在举行运动会,放烟火的响声从万里无云的天空传到会场。

纪念馆内一片混乱。那天举行婚礼的不只是我们,会场入口的名牌上十几对新郎新娘的名字排成一大列。当然吉冈家和三浦家的名字,也在名牌上。

我请兄嫂从乡下来帮忙张罗。刚把没穿过的、租来的礼服领子扣上时,长岛就打开了准备室的门。

"这种热闹场面,怎么样!"

我和他是老朋友了,今天请他负责收礼处。他指着准备室外头说:

"简直跟流水线上的结婚操作一样!"

在通往会场的走廊上,盖头纱或戴面纱的新娘,一个接一个擦身而过,真的是流水线一般。

"这也是没办法的。我们上班族的生活,大家就像流水线中的一段。"我边穿着礼服的裤子边回答他,"现在的社会,不重视个人的人格,什么事都一视同仁。连死亡的时候,医院不也是像处理东西一样地采取流水线的处理方式吗?"

"哎呀!"

帮忙穿礼服的嫂子叫了一声。

"不要说这些不吉利的话,今天是大好日子呀!"

"是呀!长岛,收礼处就麻烦你了。"

看长岛穿着西装、点点头走出准备室的样子,突然让我想起学生时代,和他住同一房间的往事。想起我们戴着口罩,盖着棉絮都跑到外面来的棉被时的往事;想起我们一起吃杂烩,嚼明太鱼的往事。那样的我们,总算也抓到了平凡却踏实的幸福。我和真理子结了婚,等新婚旅行回来后就可以从新的公寓到公司上班。不管有什么事发生,我都不愿失去这平凡却踏实的幸福。

典礼很滑稽。留着胡须的神主,拿着类似扫地的扫把的东西在我们头上左右挥动,以沙哑的声音念祝贺词时,真理子用手肘碰我。"好无聊哦!""就是嘛!"

我们强忍着笑声,避免被神主和媒人听到。我们的两边站着三四对两家的亲戚。其中,真理子的伯父——社长先生两手交叉在胸前,表情严肃地站着。

祝贺词念完后,社长满意地拍拍我的肩膀。

"以后我们就是亲戚了!

"旅行回来后,公司的工作要好好干呀!总之,我是打算以家族企业的方式,来经营这家公司的。"

社长这句话,远比祝贺词更有意义。比祝贺词更能给我"我是真理子的丈夫"的真实感。

典礼完了,小小的宴会也结束时,大家围着我们三呼万岁。叫声最大、两手挥动得最厉害的是长岛,还是学生时代的老朋友感情最深厚。其他的伙伴——公司的同事们——虽然也同样地举起两手,但是他们眼中,隐藏着嫉妒我——和社长的侄女结婚——的目光。

"哼!让他给高攀上了!"

"大学毕业的人,表现出来的就是不一样!"

我耳中仿佛听到他们在回家途中这样地交谈着。不错,我是攀上了,可是和真理子结婚,并不只是看上她和社长的关系。当然,我是有着这种企图才和她交往的,可是我并不是不爱真理子呀!而且,现代人的爱情中,要完全摒弃利己主义的想法是不可能的;要是利己主义的说法不好听,那就改说"希望幸福的愿望"好了。我"攀上了"也是百分之百为真理子将来的幸福着想,这种想法又有什么不好呢?

我们两人从会场搭车到东京车站。

我们蜜月旅行的目的地是山中湖。原先也考虑过到热海或箱根,可是在结婚的前一星期约会时,在咖啡厅中她突然说:

"记得吗?公司到山中湖的事?"

"啊!我骑马给你看的时候?"

"你不是说你会骑马吗?"把脸埋在交叉着的两手之间,真理子笑了。"你还自负吗?"

"哼……是谁嫁给自负的男人呀?"

"你真傻!不过,我是因为那匹马的关系,才喜欢上你……"

我们的结论是应该去向那匹劣马道谢。两人的蜜月旅行——环富上五湖旅行,是这样突然决定下来的。

我们从东京车站搭火车到御殿场,再从御殿场雇车子上山中湖。

车越靠近湖边,山林都开始发出金色的亮光,从金色的杂树林中,看到湛蓝的湖。晴空中一圈卷云缓缓飘过。

"我会是个好太太哟!"

下车后两人手挽着手,走在往下通往湖的路上,真理子小声地对我说。

"嗯!是吗?那就一切拜托了。"

她好害羞,我不能不逗她一下。看她陶醉的模样,我的背部好像起了荨麻疹似的痒痒的。

"马小便的地方,是这里吧?!"

"那些不雅的事,不要提了。"

"有什么关系呢?那是促成我们姻缘的马小姐呀!"

我们住了两夜,绕了一圈河口湖,第三天天空变阴了。那天黄昏,我们为了要到御殿场来,改搭巴士。

这里的树林里叶子已开始变红了。虽然没有湖边那么鲜艳,不过在下行的巴士车顶上,还有道路上,都散落着片片黄叶。

"那时也经过了这里呢!"

真理子从皮包里拿出牛奶糖给我,那动作很自然地流露出为人妻的模样,对我来说既稀奇又新鲜。

"那时候是……"

"公司举办旅行的时候呀!"

"是吗?"

经她这么一说,我对弯曲的道路,还有道路两旁的农家,似乎还有点印象。

"对了！在这里……"

真理子认真地想证明自己的说法。

"那里不就是大野先生问过的建筑物吗？"

"是哪个建筑物？"

"您没看到吗？在树林里……像军营似的建筑物呀！记得吗？乘务员小姐回答那是麻风病医院……"

"……"

"后来大家都慌忙关上窗户，那时我好气愤……"

我没作声，默默地把脸靠在巴士那脏了的窗户上。长久以来，埋在记忆下的，心中的一件事，突然又涌现上来。那是，那个下雨天，在川崎的咖啡厅看到的蜜的脸；在被雨滴沾湿的头发下，哭丧着小而圆的脸，用几乎听不到的声音说：

"我要到御殿场去！"

而那时，我的反应呢？我的眼中反射性地浮现出蜜手腕上那黑褐色的痣。在惊吓和恐慌中，我紧握账单。

"我不相信！"

"可是，医生是这么说的。"

"既然这样，你怎么还到这地方来。还是回家睡觉吧！你不是生病了吗？"

说了些不负责任的话之后,我从椅子上站起来。

"把你叫出来,这是我的不对。不过,我并不知道还有这么一回事……你不要丧气哦!可以治好的,有很好的药吧!"

我的嘴里还勉强说些安慰的话,其实内心却希望赶快离开蜜。

走出咖啡厅,雨,还下着。蜜湿了的头发紧贴在脸上,我小声地说了再见,就快步走向车站。我只回头看了一次,在人行道上拥挤的人群中,已看不见蜜的影子了。

(蜜……会在杂树林中吗?)

我把脸贴在巴士的车窗上想着,窗户被我的呼气染白了。随着巴士的继续行驶,那褐色的树林和变黑的、木造的像军营的病房,很快地从视野中消失了。

"怎么了?"

真理子靠在我肩上问。

"想些什么呢?你似乎不觉得幸福?"

"好幸福哟!"

是的,我认为自己是幸福的。我希望和这小小的幸福无关的事,以及落在幸福之上的阴影,都和我自己无关。

话虽如此,那年年底,我还是寄了贺年卡给蜜。

到结婚为止，我从没给人寄过贺年卡，不过，现在不一样了。真理子说对媒人以及照顾我们的人不能够失礼，她不希望就因为小小的疏忽，而被人认为是不懂礼节的夫妇。这是她的主张。

十二月的某天晚上，两人一起写着贺年卡。我们住在位于目黑区的公寓，但是跟学生时代的公寓可不同了，有衣橱，也有化妆台，还有洋娃娃。穿着和服的真理子，坐在我旁边，伸出白皙的手磨着墨。

还剩下大约十张左右的时候，我写了一张给长岛，还在准备寄给帮我找工读机会的金先生那张贺年卡上写着：

"有空欢迎来寒舍一游！"

接下来，脑中想起蜜的名字时，我偷偷地瞄了一下真理子的脸。

她专心地写着自己的贺年卡，似乎没有察觉到我有什么"异状"。

我拿起笔只写上：

"恭贺新年，希望早日恢复健康。"

我只知道她的地址在御殿场。不过，麻风病医院应该只有那一所才对。

我若无其事地把那张贺年卡放入西装的口袋里。

为什么那时会有寄贺年卡给蜜的念头产生呢？或许是因为跟现在自己所抓住的幸福相比较，在川崎见到的蜜的样子实在太凄惨、太可怜了。不错！我那时的心情，包含着对那女孩的怜悯。虽然那只不过是暂时性的情绪罢了，可是怜悯毕竟是怜悯，是假不了的。

没有回信来，不……还是没收到回信的好；没收到的话我的心理是较不会有负担的。

可是，新年到了。一月底东京的街上，新年的装饰物才刚刚被拆下来。有天早上当我踩着下了霜的道路，准备到公司上班时，公寓的阿姨转给我一封信。

一眼看到"御殿场的复活医院"几个字后，我赶紧把信放入口袋里，不希望被真理子看到。

那天，公司里很忙，我内心虽然直惦记着口袋中的信，但是等到打开看时却已是黄昏时候了。在公司租来当办公室的小楼的屋顶上，我掏出那已弄皱了的信。

寄信人并不是森田蜜，信封背面用漂亮的字写着陌生的名字——山形修女。看完内容后才知道，她是在麻风病医院里服务的修女。

看信时我的内心所感受的惊讶与冲击，在此不提。只是当时脑中一片混乱，第一张信纸，要不是反复看了几遍，根本无法理解信中的意思。

首先,我要对前些日子您寄给森田蜜小姐的贺年卡拖延到今天才回信的事,表示我由衷的歉意。尽管我早想回信给您,也告诉您蜜(我们还有患者们都这么称呼她)身上发生的事。可是,因为事务繁忙,所以才拖延至今。

拜读了您寄给蜜的贺年卡,似乎对蜜后来的遭遇完全不知?其实,蜜在本院所做的精密检查,结果是呈阴性反应,也就是说她根本不是麻风病患。这种误诊的例子只有千分之一的比例,我想这对蜜是一个很大的打击。

可是,后来蜜还继续留在医院里,她说回到东京也是一样的,所以她没有像一般人那样开开心心地离开医院。她不愿离开这人人讨厌的世界,希望能留在这儿工作——这是蜜自己的愿望。

老实说,我们修女原本还以为她只是一时的冲动或感伤罢了。我们修女的信念里有一句是"爱德的实践"。从这"爱德的实践"中,修女获得生活下去的精神支柱。爱德既不是感伤也不是怜悯,一般人都会同情悲惨的人或可怜的人,可是同情也不过是人的一种本能或感伤反应,并不等于需要经过痛苦的努力或忍耐的爱。我们是这样被教导的。因此我们本来以为蜜的行为只是出于一般没生病的、幸福的人,对为疾病所苦的患者自然产生的临时性的同情罢了!

因此,我们之所以接受蜜希望为患者工作的要求,说实话是因为她肯帮忙做杂事。对不得不节省人事费用的医院(麻风病医院光靠国家少许的补助和一般善心人士的捐赠,根本无法维持)来说,是很有帮助的。在医院里轻症患者负责病房的清扫,而修女们的工作是准备伙食和负责厨房的工作。然而把患者种的农作物和刺绣品送到御殿场的商店,就不是患者们做得来的了,蜜顺理成章地来帮助人手不足的我们做这件工作了。

现在我还记得很清楚蜜工作的样子。

我想您也知道的,蜜很喜欢唱流行歌曲。她时常头上包着白布在饭厅里边排碗盘,边唱着各种歌曲。刚开始时也有外国修女讨厌她那么大声地唱粗俗的歌曲,但是没多久,大家对蜜的纯真也都不以为意了。像我这种不懂世事的人,也从她那儿学会了《黄昏的伊豆山》这首流行歌曲,有时也会偷偷地唱起来。

除了流行歌曲之外,蜜还喜欢看电影。医院每个月会从御殿场的电影院租来一部片子,放映给患者们看。每到那一天,蜜就沉不住气了,她和患者们混在一起,在食堂兼娱乐室中看电影。电影开始放映时,叫得最大声、最吵的就是蜜。

所以,她自己一个人也不到外面的电影院去了。有一两次我对她说:

"蜜,星期天去御殿场去玩玩吧?看场电影也好。"

"不!"

她摇摇头。

"怎么了?不是有好电影正上映着吗?"

"您呢?"

"我不行,我是修女,不能随便出去。不过,蜜你是自由的,去吧!"

"我也不去。"

"为什么?"

"可是……"她现出为难的表情,"患者们不能去别的地方看电影吧!要是我一个人去……不能去的患者好可怜呀!"

"可是……你……"

"算了!就算我一个人去看,心里也惦记着患者……

这也没什么意思呀!"

她这样的行为,完全是自发的,我刚刚说了些自大的话;爱德不是对悲惨的人所产生的临时性感伤或怜悯,是需要忍耐和努力的行为。而蜜对于痛苦的人,根本不需要像我们那样的努力和忍耐,马上就可以感同身受;不!我并不是说蜜的爱德行为中没有努力或忍耐,而是说她在爱德的行为上,丝毫看不出有做作的痕迹。

我常拿自己和蜜相比较,而自我反省着;对《圣经》里所说的"你们若不变成如同小孩一样①"的话,我也懂得它的意义。蜜只是一个喜欢《黄昏的伊豆山》之类的流行歌曲,把石滨朗照片贴在自己小房间墙壁上的平凡女孩。像这样的蜜,我想神会更喜欢她的。我不知道您是否相信神。我们所信仰的神,命令我们要比任何人更像幼儿那样;单纯地、率直地对幸福感到喜悦。单纯地、率直地为悲伤而哭泣,以及爱人的人,也就是"如同小孩一样"的人吧!

可是,对我们修女所信仰的神,她绝不信服。

我自己对蜜也跟对其他的患者一样,并不勉强他们

---

① 出自《圣经·马可福音》第十八章第3节:"你们若不变成如同小孩一样,你们决不能进天国。"

信神;我和蜜有过两三次像这样的交谈。

我记得那是去年十二月初的事。医院里有四个小儿患者(或许您会怀疑,小孩也会患麻风病吗? 其实抵抗力比成人更差的小孩,得了这种疾病后恶化的速度更快。)在这些小儿患者当中,有一位名叫阿壮的六岁小男孩。当他患肺炎时,蜜寸步不离地看顾他。在医院里蜜喜欢小孩是有名的,她经常从自己那少许的薪水中,拿出钱来买东西给小孩,而阿壮也似乎特别喜欢她。

阿壮的麻风病毒已经侵蚀到神经了,再加上急性肺炎,几乎是到了回天乏术的地步。而且他又对青霉素过敏,所以连这种特效药也不能用在他身上。

三天里,蜜几乎都没阖过眼睛,整天照顾着这个小男孩。到了第三天,蜜瘦得好厉害,连眼睛都充血了,因此我要她回自己的房间去休息。

"可是……要是我不在,阿壮就没人照顾了呀!"

蜜边把冰袋中的冰弄碎,边摇摇头。她那冻伤了的手,已肿成了青紫色。

"没关系的,我们会接替你照顾阿壮。重要的是你已经太累了,身体已快受不住了。"我这样回答蜜。

"我昨天晚上向神祈祷,希望神能够帮助阿壮渡此难关。纵使要我代替阿壮患麻风病都行,是真的!"蜜态度很认真地说着。

"如果真的有神……神会答应我这个愿望吗?"

"你呀!真是糊涂!"我表情严肃地责备她。"去睡吧!你连神经都疲倦了呀!"

我的眼前仿佛出现了昨夜蜜祈祷的情景——这个女孩很认真地两手合十,跪在冰冷的木造病房的榻榻米上,祈祷着只要阿壮获救,自己无论怎样的痛苦都能忍耐……如果,您真的很了解蜜的话,相信对我这个"想象",您一定不会认为是"虚假"的吧?

令人悲伤的是,小孩在五天之后断了气。蜜那时所感受的痛苦,在这里我也不多提了。但是她非常生气地、明确地对我说:

"我不相信真的有神,世界上会有那样的东西吗?"

"为什么呢?是因为阿壮死了?还是因为神没有听你的祈祷?"

"不是的,那件事,现在已都过去了……只是,我不了解神为什么连像阿壮那么幼小的生命,都要让他尝受痛苦呢?虐待小孩是不对的,我不会相信虐待小孩的东西!"

对于给予纯真的小孩患上麻风病的命运,而且以死亡结束小孩生命的神——蜜似乎在向其挥动着小拳头。

"为什么?没做什么坏事的人,要承受这样的痛苦?医院里的患者,大家都是好人呀!"

蜜否定神是出于对苦难的意义的认识,蜜完全见不得人受苦,只要见到就受不了。可是,要怎么说明才好呢?其实在人受苦的时候,主也分担着同样的苦痛,这是我们的信仰。不论怎样的痛苦,都比不上孤独的绝望;再没有比只有自己一个人痛苦更令人绝望了。可是,人即使是独自在沙漠中,也并不是只有他一个人在受苦。我们的痛苦一定会和别人的痛苦相连的。但是这个道理,要怎么说蜜才会懂呢?不!蜜已经在她那自己的人生中,不自觉地实践了痛苦的共尝了。

对不起!绕了一个大圈子,和前面的内容可能不连贯。这是因为我只能利用工作之外的少许时间,一次写一点点的关系;也因此写这封信花了相当长的时间,希望您能谅解。

接下来我不得不告诉您那件令人难过的事。

那件意外是发生在十二月二十日,因为二十四日是圣诞夜,在那一天我们每年都赠送患者东西。在预算少的医院里,是送不起什么大礼物的,不过,至少我们希望患者们在圣诞夜能暂时忘记令自己不幸的疾病。

二十日下午,我差遣蜜到御殿场去,把患者们生产的鸡蛋和刺绣品送到御殿场那些对我们理解的商店,换取金钱,然后分给患者们当零用钱。

现在想来,那天要是我自己去就好了。蜜经常很乐意帮忙做这件事,而且那天我刚好有别的事要忙。记得蜜和帮忙杂务的岛田先生是在三点过后一同乘坐三轮卡车出发的,她口中又哼着"伊豆山"的那首流行歌曲。患者们对她说:

"蜜!发挥你的魅力,要卖个好价钱哟!"

"小心啊!不要把鸡蛋弄破了!"

五点半时医院内电话响起,是御殿场的警察打来的。我拿起话筒听到蜜的名字和发生车祸的事,还有急救医院的地址。放下话筒后我的手颤抖了好久……

后来我是怎么赶到蜜急救的医院去的呢?现在连我自己也说不上来了。

总之赶到时,蜜早已昏过去了,听说流血过多,而且颈骨断了。她的手上、脚上插着输血针,鼻子里也插着氧气管,小小的胸部像波浪似的浮上来又沉下去。

听岛田先生说,蜜小心翼翼地抱着鸡蛋盒子,想穿过御殿场的广场时,有辆卡车从侧边倒车过来。要是蜜手上没拿鸡蛋,就可以迅速地移动,或许还可以避开车子。然而当时的蜜,两手抱着患者们生产的鸡蛋盒,就那样被卡车从侧面撞倒了。

"蛋!蛋!"

听说到失去意识为止,大约有两分钟的时间里,蜜嘴里还一直喊着蛋——患者用不灵活的身体,和神经不正常的手所饲养的鸡下的蛋,在广场中央碎了,蛋液流了整个地面,而蜜就卧倒在蛋黄当中……

蜜持续昏睡了四个小时,听说这是因为心脏功能很好才能够坚持这么久的;换成是一般人的话,脉搏早就停止了。我们不断地要求医生打强心针,可是蜜一直都没醒过来;到了晚上十时二十分,蜜终于断气了。在断气之前,我擅作主张打电话给御殿场的教会,请神父前来静静地为蜜洗礼。

在昏睡期间,蜜只叫过一次,要是我没听到那句话,我想我就不会写这么长的信给您了。我不知道蜜和您是怎样的朋友,而且关于这一点我也从未由蜜那儿听过什么。可是,昏睡中的蜜,只睁开过一次眼睛,手伸出来好像要找什么东西似的。

"吉冈先生,再见了!"

这是蜜那时说的话,除了这句话,她什么都没说。

我刚把蜜的遗物——其实只是一个小小的旧皮箱,寄到她在川越的老家。我手里拿着她的亵衣和毛线衣,心中又再一次想起自从那次之后,已经想过好几次的事——要是神问我最喜欢的人是谁,我会马上这么回答:像蜜那样的人;要是神问我想成为怎样的人,我也会马上回答:像蜜这样的人……

我注视着这封信,良久,良久。与其说是看信不如说是读信……

(不是没什么吗?)

我对自己说。

(不管是谁……只要是男的,谁都会做那种事,又不只是我一个人。)

为了确定自己的想法,我靠在屋顶上的扶手上,注视着黄昏的街上。在灰云下,有无数的大楼和住家,大楼和住家之间有无数的路;路上也有无数的巴士、车子行驶着,行人走着。那儿有着无数的生活和各色各样的人生。在无数的人生当中，我在蜜身上所做的事，只要是男人，谁都会有过一次的经验。应该不只是我。可是……可是我却有种寂寞感，这到底是从哪里来的呢？我现在已拥有小小的却很踏实的幸福，我不想因为和蜜的记忆而舍弃那幸福。然而，这寂寞到底是从哪里来的呢？要是蜜教了我什么，那可能是：那些掠过我们人生的人和事，尽管只是一次，也一定会留下永不磨灭的痕迹。而那寂寞可能就是从这痕迹而来的吧？还有，这修女所信仰的神，要是真的存在，那么这就是神透过那样的痕迹对我们说话？然而……这寂寞到底是从哪里来的呢？

在涩谷旅馆的那件事，又在我心中苏醒过来。墙壁上打死蚊子所留下的痕迹、湿气浓厚的棉被，还有那窗外下着的雨。雨中的斜坡路上，肥胖的中年女人无精打采地走着……这就是人生！然而，在这人生当中，不管怎样，我曾和叫森田蜜的女孩有过交往。在黄昏的云霞下，有着无数的大楼和住家，巴士、车子行驶着，人走着。和我一样地，和我们一样地……

附　录

寂寞的圣女

林水福

一

远藤周作的长篇小说,如《沉默》《武士》《丑闻》《深河》等属于纯文学系列;而《我·抛弃了的·女人》则属于大众文学系列。

一九五九年在《朝日新闻》连载的《傻瓜先生》,是远藤自一九五五年得芥川奖之后的第一部大众文学长篇小说。

一九六〇年年底,远藤自"东大传研医院"转"庆应医院";在《河北新报》等连载《丝瓜君》。

一九六一年,远藤的肺部动了三次大手术,数度徘徊于鬼门关口。

一九六二年，大患初愈，当年仅发表少数几篇随笔。

而，一九六三年在《主妇之友》连载的就是这本《我·抛弃了的·女人》。

《傻瓜先生》《丝瓜君》和《我·抛弃了的·女人》是远藤周作创作的一系列大众小说。尤其《我·抛弃了的·女人》是远藤大病初愈之后的第一部长篇小说，对他本人而言更具有"历史性"意义。笔者曾当面请教他，自己的作品当中，最喜欢的是哪一部？他毫不犹豫地说：最喜欢的是《我·抛弃了的·女人》和《傻瓜先生》。当时我有点意外，为什么不是代表作《沉默》？也不是自认为写作技巧比《沉默》更臻圆熟的《武士》呢？或者那一部别创风格、着力于探讨隐藏在潜意识中的"另一个自己"的《丑闻》呢？

然而，等到我读了《我·抛弃了的·女人》之后，深受感动，多少能了解远藤为什么会那样喜欢它，这也是我翻译它的主要动机之一。

二

一谈到大众文学作品，喜欢纯文学的读者或许会认为那只是用来打发时间的娱乐性东西，恐怕就提不起精神仔细阅读；相反地，大众文学的读者，也往往对主题严肃的纯文学作品抱着敬而远之的态度。事实上一流作家,无论写的是纯文学作品或大众文学作品,必定都有他要追求的、探讨的"共通主题";因此,读者如果单纯以纯文学或大众文学来决定阅读与否,往往会与好作品失之交臂。

即以大文豪夏目漱石而言,他的《心》《明暗》《行人》以及《彼岸过迄》等名小说,都是报纸的连载小说;其中《彼岸过迄》更是特别为与文学无直接关系的人而写的,然而这并无损作品的文学价值。

远藤在《谈报纸的连载小说》中对报纸连载的大众小说有独特的看法。他说:

> 报纸的连载小说在法国称为 le roman jounal,亦稍含轻视之意,然而在这儿我要赋予它更积极的意义。现代作家心中经常存在着能写出如大仲马的《三个火枪手》或雨果的《悲惨世界》等"小说的小说"之愿望。纯文学作品的创作者,常会意识到评论家会有什么反应,因此反而无法实现自己的理想;所以我希望在报纸的连载小说中实现理想。

从这一段话里,我们可以清楚了解到:远藤希望通过在以一般大众为对象的报纸连载小说,实现纯文学作品无法实现的"理想";因此,他的大众小说并非只朝着通俗的方向后退,而是更积极地尝试不同风格的"创作"。

三

远藤是由评论转为创作的小说家。一九四七年第一篇评论《诸神与神》,发表于堀辰雄主办的《四季》杂志,当时二十四岁的远藤是庆应大学法文系学生。紧接着他在《高原》杂志发表《堀辰雄论备忘录》;在《三田文学》发表《天主教作家的问题》,以天主教文艺批评家的身份受文坛和学界瞩目。一九五〇年,以天主教留学生身份留学法国里昂大学,研究法国天主教作家,如莫里亚克、贝尔纳诺斯、安德烈·纪德、朱利安·格林、威廉·福克纳、加缪等的小说技巧。

自法返日的第二年,即一九五四年,远藤在《三田文学》发表短篇小说《到雅典》,这是他由评论转为小说创作的开始;翌年五月,凭借发表于《近代文学》的《白种人》获第三十三届芥川奖时远藤三十二岁。以上是远藤从评论转为创作到获芥川奖为止的简历。从上述简历读者或许已经注意到远藤跟其他作家不同的是远藤的天主教作家身份。在天主教传统时日尚浅的日本本土,远藤面对的是文学与宗教的矛盾和对立。远藤在《黄种人》《海与毒药》以及《留学》《沉默》等作品中,一再探讨一神论与泛神论之间的对立和相克等问题。

远藤在《我的文学》中说:

> 把天主教的象征传达给非教徒,是我到目前为止,也是现在和今后自己的最大课题。当我在新宿、涩谷,或者是五反田等地方,看到拥挤的建筑物和熙熙攘攘的过往行人时,经常会有一个念头浮现上来,那就是:"在我的世界中"应如何描写这种现象呢?新宿、涩谷和五反田的风景是纯日本的,那儿毫无天主教的气息;不!是一个在哪儿都找不到神存在证明的地方。竖立在我眼前的电线杆是电线杆,建筑物仍然是建筑物。可是,如果神真的存在的话,那么不应该只是存在于格林所描绘的伦敦的里巷,或者是莫里亚克描绘的兰德的风景,也应该在看来和神没什么关系的新宿或涩谷的街头找得到呀!

远藤在《我·抛弃了的·女人》中巧妙地把宗教和日本生活融合在一起,我个人也认为他充分传达了基督的"讯息"。

然而,基督的"象征"或"讯息",更明确地说到底是什么呢?我认为那就是爱。也就是已逝的武田友寿教授所称的

"命运的相关联"。小说中,远藤安排两个场面,借由女主角森田蜜,来传达基督的爱。

其一是:蜜的同事田口先生的妻子在发薪日到工厂来,向丈夫要钱;然而,田口先生的大半薪水已花在打牌和喝酒,因此田口太太连第二天大儿子要缴给学校三个月的伙食费也要不到。这时蜜的口袋正好有一千日元,那是她辛辛苦苦加夜班才赚到的——准备要给男朋友吉冈努买袜子和为自己买件羊毛衫的钱。蜜是个心地非常善良的女孩,当她第一次和男主角吉冈努约会时,拒绝和他进入旅馆;可是当她听到吉冈努说曾患过小儿麻痹症,脚有点跛,因此一直得不到女孩子的青睐,感到很寂寞之类的话之后,就觉得他好可怜,为了安慰他不惜献出了自己的贞操。而现在当她看到了田中太太面临这种窘境,想心一横不管这么多了,按原定计划准备买袜子和羊毛衫。可是,作品中紧接着出现的场面是:

> 风把灰尘吹入蜜的眼里,吹过蜜的心田,也带来了另一种声音。那是婴儿的哭声、男孩缠人的声音、妈妈斥责男孩的声音。和吉冈去的涩谷的旅馆、潮湿的棉被以及斜坡上无精打采的女人。雨。有一张疲倦的脸,一直悲伤地注视着这些人的人生,对蜜轻声说:

（喂！你能不能回头？……用你身上的钱，去帮助那个小孩和他妈妈吧！）

（可是，）蜜拼命地抗拒那声音的请求。（可是，这是我每天晚上辛苦工作的酬劳，是我拼命工作才得到的。）

（我知道！）那声音悲伤地说。（知道你是多么希望拥有羊毛衫，也知道你是多么拼命地工作，这些我都非常了解。所以我才请求你，希望你能把准备用来买羊毛衫的一千日元，拿来帮助那个孩子和那个母亲呀！）

（不！这应该是田口先生的责任呀！）

（可是，还有比责任更重要的东西呀！在人生的道路上，要把自己的悲伤和别人的悲伤联结在一起，我的十字架是因此才有的。）

蜜不太了解最后那句话的意义。不过，在寒风吹拂中，想起小孩嘴角那凸出的红肿物使她感到心痛。要是有人遭遇不幸，她都会感到悲伤；世上有人难过，她也同样会感到悲伤。……

蜜最后听从"疲倦的脸"的话，放弃替吉冈努买袜子和为自己买羊毛衫的"梦"，把辛苦赚来的一千日元，给了田口太太——这就是蜜的爱，也就是"把别人的悲伤当成是自己的悲伤"的具体表现。

其二是：小说的最后一章,山形修女给吉冈努信中,谈到蜜的部分。

> 我刚刚说了些自大的话；爱德不是对悲惨的人所产生的临时性感伤或怜悯,是需要忍耐和努力的行为。而蜜对于痛苦的人,根本不需要像我们那样的努力和忍耐,马上就可以感同身受；不! 我并不是说蜜的爱德行为中没有努力或忍耐,而是说她在爱德的行为上,丝毫看不出有做作的痕迹。

这里强调的是蜜的"爱德行为",根本思想即《马可福音》的"要爱人如己"的《圣经》思想；在山形修女眼中,蜜在麻风医院的工作就是爱德的行为。

蜜被大学医院误诊为麻风病,因此住进山形修女工作的麻风医院。过了一星期与世隔离的生活之后,才发现是误诊,于是收拾简单行李走出医院；但她发现"到哪里……结果都是一样的",于是又回到医院,开始照顾麻风病患。蜜回到麻风医院后,准备去找加纳妙子时的情景是:

蜜飞快地跑出会客室。穿过病房与病房间的中庭，沿着杂树林边缘的山坡就可以跑到田地。

几道夕阳的光束，从云间照射到树林和山坡。田里三个患者工作着的身影，如豆粒般大小。

蜜背对着夕阳的余晖，在杂树林边缘停住脚步。以前曾带着憎恨的心情，眺望过的这幅风景，现在却让蜜产生了仿佛回到故乡般的思念情怀。森田蜜斜靠在树林里的一棵树干上，心里咀嚼着那种情怀，仰望着夕阳的余晖……

蜜曾经和真正的麻风病患者，一起在医院尝受过悲伤、痛苦、孤独和绝望的生活。至于是什么原因促使蜜再回到麻风医院呢？是对不幸者的同情？或是对被社会遗弃的麻风患者的怜悯呢？还是出自年轻的蜜，想为世上不幸者奉献的心理呢？显然这些都不是促使蜜回到这里的原因，那么到底是什么原因呢？我们可以从山形修女和蜜的对话，找到真正的答案。

"这种病并不是因为它是疾病而令人不幸，而是因为患了这种病的人，跟别的病患不同；他们会被到目前为止一直爱着自己的家人、丈夫、情人和孩子所抛弃,必须过着孤独的生活,所以才是不幸的。不过,不幸的人之间,彼此会因不幸而结合在一起,在这儿大家分享着彼此的痛苦和悲伤。前些日子,当你第一次走到室外时,你知道大家是以什么目光迎接你的吗?因为大家都有过相同的经历,所以都期待着你能够早一天投入共同生活。像那种情形,是一般社会里见不到的呀!即使是这样,还要看你的想法如何了。在这儿其实也可以寻找到别的幸福。"

蜜没有回答,但是她很认真地听着山形修女所说的话。到今天为止,她从没有听过这样的话,当然,她的小脑袋无法完全理解山形修女所说的话的。不过她一直是一个自己虽然不幸,但每看到他人也遭遇不幸时,依然毫不犹豫想伸出手去帮助别人的女孩!而现在,当她从修女那儿听说其他的患者热烈欢迎自己时,她高兴得眼里含着泪,甚至于觉得厌恶他们、对他们丑陋的容貌感到可怕的自己,实在是个很坏的人。

"我说……"

蜜把绣针和布放在膝上,她觉得那些患者好可怜并为他们难过,甚至于忘了自己也患着同样的病。她问山形修女:

"他们都是好人,为什么要受这种苦?这么好的人,为什么会遭遇这么悲惨的命运?"

促使蜜回到麻风医院的原因无他,就是这种和他人共甘苦的心理。或许也是她犹豫着是否要把一千日元借给田口太太时,对她轻声说"在人生的道路上,要把自己的悲伤和别人的悲伤联结在一起"的那张"疲倦的脸"的主人促成的;不!"疲倦的脸"的主人一直活在蜜的心中。远藤借着蜜说出了爱的真谛,这种爱是现今这个婆婆世界最缺乏,也是最需要的。

四

远藤在这部小说中,想探讨的,除了爱——即命运的相关联之外,还有"自我圣化"的课题。

作者借着吉冈努在"我的手记(二)"的末尾中说:

> 谁也不相信现代还有所谓的理想的女性,可是,现在我却认为她是个圣女……

再者,山形修女给吉冈努信的结尾也谈到:

要是神问我最喜欢的人是谁,我会马上这么回答:像蜜那样的人;要是神问我想成为怎么样的人,我也会马上回答:像蜜那样的人……

蜜是个平凡且愚蠢的女孩,没什么教养,也没有特别的魅力。可是,最后在吉冈努的眼中看来她是个"圣女",在山形修女的眼中更是"理想的人"。这到底是什么原因促成的呢?远藤在《圣经中的女性》谈到贝尔纳诺斯的《乡村牧师的日记》时说:

我重读贝尔纳诺斯的《乡村牧师的日记》……这部小说最吸引我的地方是,主角的乡村牧师是和我们生活在同一地点的;他的身体不健康,头脑也不很好,而且出自善意所做的事几乎都失败了。如果,他现在走在街上,和我们擦身而过,我们可能连头也不会回过来看他;因为他的脸是那么平凡,跟你我没什么两样的。

可是当我们翻到小说的最后一页时,会发觉到那平庸的,而且有着和我们一样的弱点的牧师,不知何时已经走到我们所达不到的境界——人生最崇高之处。

在《乡村牧师的日记》中从第一页到最后一页,主角的生活和每天洗脸、挤电车的我们是一样的,都为着生活而奔波；他也和我们一样每天被无意义的琐事所包围。然而他逐渐从不惹眼的、无聊的日常琐事中"活"了过来；虽然也和我们一样踩着满是石块而且凹凸不平的路，可是最后他却成为了圣人。

无疑的，森田蜜也是作者在相同意图下创造的人物。蜜，也是在平凡——不！或许该说是在泥泞的生活中圣化了。圣化是把人生从卑下提升到崇高的境界。蜜不是信徒，不相信神真的存在，可是她的行为，却是许多自称为信徒，甚至于是有些矢志终身奉献给神的人无法比拟的。然而，是什么原因促使她圣化的呢？无疑的是她那"无论何时看到有人受苦，都会忍受不了"的个性使然，也是她对"爱"的希求。

反过来看，吉冈努为了发泄性欲，无意中找到了蜜，在第二次约会时即利用她善良的天性——看到别人难过、受苦时自己也感到难过的弱点——骗了她的身体，之后就把她抛弃了。吉冈努大学毕业后为了出人头地，刻意追求社长的侄女三浦真理子，虽然他自己也辩称着除了功利思想外，对真理子并非全无爱意；但不可否认的，最主要还是出自利己主义的心理。小说中的吉冈努，并不是什么罪大恶极的人，他的行为在一般社会中是常见的；然而，最后他从蜜——被他抛弃了的女

人身上,却"发现"了自己的丑陋和自私,同时也提升了自己的人性。"我的手记(七)"倒数的第二段写道:

> 为了确定自己的想法,我靠在屋顶上的扶手上,注视着黄昏的街上。在灰云下,有无数的大楼和住家,大楼和住家之间有无数的路;路上也有无数的巴士、车子行驶着,行人走着。那儿有无数的生活和各色各样的人生。在无数的人生当中,我在蜜身上所做的事,只要是男人,谁都会有过一次经验。应该不只是我。可是……可是我却有种寂寞感,这到底是从哪里来的呢?我现在已拥有小小的却很踏实的幸福,我不想因为和蜜的记忆而舍弃那幸福。然而,这寂寞到底是从哪里来的呢?要是蜜教了我什么,那可能是:那些掠过我们人生的人和事,尽管只是一次,也一定会留下永不磨灭的痕迹。而那寂寞可能就是从这痕迹来的吧? 还有,这修女所信仰的神,要是真的存在,那么这就是神透过那样的痕迹对我们说话? 然而……这寂寞到底是从哪里来的呢?

五

宛如基督透过人的生活方式,告诉我们爱的形态。又像

《圣经》中神显现在众弟子身上那样,神也借着人的姿态显现在我们眼前,并且透过每一个人的生活告诉我们人生的意义。远藤在《我·抛弃了的·女人》中借着森田蜜平凡且短暂的一生,告诉了吉冈努——不!不只是吉冈努,也告诉了每一位这本书的读者,爱、神与人生是什么。从森田蜜的人生,或许我们也会察觉到人性的低落,发现利己主义的丑恶,从而反省、思索应如何度过今后的人生。远藤在这部小说中把他的宗教信仰充分反映在文学里,把两者巧妙融合为一。他的作品常常令人反省、深思!

WATASHI GA, SUTETA, ONNA by ENDO Shusaku
Copyright © 1968 The Heirs of ENDO Shusaku
All rights reserved.
Originally published in Japan.
Chinese (in simplified character only) translation rights arranged with
The Heirs of ENDO Shusaku, Japan
through THE SAKAI AGENCY and BARDON-CHINESE MEDIA
AGENCY.
本书中文简体字版版权，为浙江文艺出版社独家所有。
版权合同登记号：图字：11-2018-12号
翻译版权合同登记号：图字：11-2018-168号

图书在版编目(CIP)数据

我·抛弃了的·女人/(日)远藤周作著；林水福译.—杭州：浙江文艺出版社，2020.1
ISBN 978-7-5339-5922-7

Ⅰ.①我… Ⅱ.①远… ②林… Ⅲ.①长篇小说-日本-现代 Ⅳ.①I313.45

中国版本图书馆CIP数据核字(2019)第259084号

策划统筹：曹元勇
责任编辑：李　灿
文字编辑：眭静静
封面设计：人马艺术设计·储平
责任印制：吴春娟

我·抛弃了的·女人

[日]远藤周作　著
林水福　译

出版　浙江文艺出版社
地址　杭州市体育场路347号　邮编：310006
网址　www.zjwycbs.cn
经销　浙江省新华书店集团有限公司
印刷　上海中华商务联合印刷有限公司
开本　850毫米×1168毫米　1/32
字数　150千字
印张　8.75
插页　6
版次　2020年1月第1版
印次　2020年1月第1次印刷
书号　ISBN 978-7-5339-5922-7
定价　56.00元(精装)

版权所有　侵权必究
(如有印、装质量问题，请寄承印单位调换)